冰山上的新来客

我在帕米尔高原支教

刘洁 ——— 著

SPM 南方出版传媒·广东人民出版社

· 广州 ·

图书在版编目（CIP）数据

冰山上的新来客 ： 我在帕米尔高原支教 / 刘洁著
. -- 广州 ：广东人民出版社，2020.10
ISBN 978-7-218-14415-3

Ⅰ.①冰⋯ Ⅱ.①刘⋯ Ⅲ.①纪实文学—中国—当代
Ⅳ.①I25

中国版本图书馆 CIP 数据核字（2020）第 150549 号

BINGSHAN SHANG DE XIN LAIKE：WO ZAI PAMIER GAOYUAN ZHIJIAO

冰山上的新来客：我在帕米尔高原支教

刘洁 著

出 版 人：肖风华

选题策划：王永岭
责任编辑：汪 泉
文字编辑：刘飞桐
装帧设计：燧人氏工作室
内文排版：萨福书衣坊
责任技编：吴彦斌

出版发行：广东人民出版社
地 址：广州市海珠区新港西路 240 号 2 号楼（邮政编码：510300）
电 话：(020) 85716809（总编室）
传 真：(020) 85716872
网 址：http://www.gdpph.com
印 刷：佛山市迎高彩印有限公司
开 本：889 毫米 ×1194 毫米 1/32
印 张：9.75 字 数：162 千
版 次：2020 年 10 月第 1 版
印 次：2020 年 10 月第 1 次印刷
定 价：58.00 元

如发现印装质量问题影响阅读，请与出版社（020-83716848）联系调换。
售书热线：(020) 85716826

冰山下的热血与青春

　　新疆是个好地方。说到新疆的帕米尔高原，许多人或许都会联想到昂首挺立的巍巍群山，气势磅礴的冰川雪峰。在这个一片雪白的纯净世界里，在这个离海洋最远，离太阳最近的地方，一个又一个支援边疆建设的人，在这里留下了青春的足迹，留下了一个个动人的故事。

　　《冰山上的新来客》一书讲述的正是这样一个故事：在广东上大学的山东姑娘刘洁，一毕业就参加团中央的大学生西部计划项目，来到了新疆支教；在喀什服务期满后，更是不畏艰苦，毅然决然的到帕米尔高原做了一名普通音乐教师。从气候温暖湿润的滨海，到寒冷的高原，刘洁老师用惊人的毅力在这里扎根，把最美好青春年华奉献给了这片土地。

　　《冰山上的新来客》中的一个个小故事，记录了刘洁老师在新疆学习、工作、生活的点点滴滴，每一个故事都是那么鲜活、生动，充满真情。书里描绘了帕米尔高原美丽的风光，记录了刘洁老师从一个学生，逐渐成长为高原百灵鸟的经历，充分展现了她不畏艰险，一心一意为边疆发展做贡献的精神。

看完此书，我有很大的触动。刘洁老师能够不为物役，安贫乐道，数年来始终如一地扎根在这片土地之上，为高原上的孩子们送去帮助，我为这样的奉献精神感动，我为刘老师那种慈母般的情怀感动，我也为全国人民齐心协力支援边疆、援助喀什建设的行为感动。

刘洁姑娘只是其中的一个代表，还有许许多多的人同她一样，用热血与青春建设这里。全国各地是一个大家庭，十四亿人都是一家人。在这样的一个大家庭里，我们与东部的差距都只是暂时的，有着党中央的亲切关怀，有着全国人民大力支持，有着无数个像刘洁姑娘这样美丽的人，我们一定能建设好新时代中国特色社会主义新疆。

这本书非常值得一读。刘老师可以教会我们如何在想要放弃时，继续坚守，如何在艰难困苦中，保持初心。希望所有读到这本书的人，都能在书中有所获得，都能感动于这种精神，而且把这种精神化作行动。为刘洁点赞，为新一代青年人点赞，为每一个奋斗着、奉献着的人点赞！

唐晓冰

2020年10月23日

（作者系新疆维吾尔自治区喀什地区行署副专员）

母校的女儿

　　母校与毕业生之间的关系，一般比较简单。大学，就像一个"孵化器"，将一届届新生迎进校门，经过几年的培养、"孵化"，送向社会成为有用之才。在众多的毕业生校友中，很少有毕业生能长期受到母校的关注。然而，刘洁同学则是一个例外，自从2012年从肇庆学院音乐学专业毕业，她主动选择了大学生志愿服务西部计划开始，便与母校结下了不解之缘，她的人生轨迹、价值追求和未来发展就一直受到母校的关注，牵动着广大教师、朋辈同学和历届领导的心。我自己（于2006年至2018年期间担任肇庆学院院长）与刘洁同学的相识是在2012年肇庆学院的毕业典礼上，当时，由我代表学校向刘洁同学颁发了毕业证书，拨正了流苏。因为她是西部计划的志愿者，还单独合影留念。从此，刘洁同学的人生轨迹便进入我的视野，引起我的思索并持续不断地关注，直至2018年我退休，这种感情不但没有泯灭，反而愈加强烈。

刘洁同学本是山东人，长相也像北方女孩儿，高挑而俊俏，2008年考入肇庆学院音乐学专业，四年大学期间，并未表现出与其他同学特别不同的地方，但是，她毕业时的一次选择却迸发出了惊人的勇气和对人生不一般的追求。刘洁同学志愿服务西部计划的"第一站"是新疆的喀什，根据国家西部计划的相关规定，高校应届毕业生开展为期1年-3年志愿服务即可回到内地工作，然而，刘洁不但没有选择返回内地，而是继续西行，选择了比喀什还要艰苦得多的塔什库尔干县中学当一名普通的中学音乐教师，这一惊人之举，可以用让人"震惊"来形容。

塔什库尔干在哪里？内地一般人可能都没有听说过，即使有所了解，也只知道那里天高水长、遥不可及。那里，可是《冰山上的来客》电影里描述的人迹罕至的雪域高原，终年积雪；那里，可是平均海拔超过4000米、氧气稀薄的帕米尔高原，初来者高原反应强烈；那里，可是唐僧西天取经的途经之地，接近西天天竺国的地方；那里，可是世界上海拔最高的口岸——红其拉甫口岸的所在地，海拔接近5000米，素有死亡之谷之称的地方。一个从小看惯了大海的女孩儿，需要多么大的勇气才能面对这"万山堆积雪，积雪压万山"的场景！一所普通本科院校，需要把她"武装"到何种程度，才敢为自己的女儿壮行……

在这本书里，刘洁老师做出了响亮的回答。这本书的可读性很强，通篇都是讲刘洁作为一名中学老师如何教育学生的故事。书的内容由一个个小故事组成，每个故事都是那么的质朴、感人。然而，透过这些生动而有趣的故事，我们还是可以将刘洁老师近年来的生活、工作的一个个片段串联成珠，窥见其丰盈的精神世界，追寻其饱满的教育情怀。概括起来，我觉得刘洁老师之所以如此执着，不惜赌上青春和命运一路向西，从中可以反映出她对教育、对人生的深刻理解：

一是用心。打开书卷，翻阅一篇篇小故事，随处可见刘洁老师是在用心灵与学生对话，用真情感染着每一个学生。在"有一个姑娘"这篇短文中，描述的是特长班性格直爽、心直口快的木尼热小姑娘如何与同学发生争执、被其他班老师告状，然后在刘洁老师的劝导下与同学和好如初、渐渐成长的故事。正是因为刘洁老师用心呵护着木尼热小姑娘每一步的成长，每到逢年过节，木尼热一定要请刘老师到她家去做客。直到初中毕业升入高中离开塔县，这个小姑娘一直念念不忘她的刘老师，每年的教师节，一定能看到她在朋友圈里晒出许多刘洁老师的照片，还写道："我永远不会忘记您，我的星星！"德国哲学家雅斯贝尔斯在《什么是教育》一书中说：教育就是一棵树摇动另一棵树，一朵云推动另一朵云，一个灵魂唤醒另一个灵魂。其实，在教育的现实生活中，每一个教育的场景未必有哲学家描述的那么高尚，但是刘洁老师的教育实践不正好有力地诠释出教育就是用心灵去唤醒另一个心灵吗！

二是至爱。有人说，没有爱就没有教育。刘洁老师在平凡的岗位上，正是用对学生的爱来践行着教师这一崇高的职业。书中有一篇"柯尔克孜族姑娘"的短文，描写的是一位被戏称为"海豚"而又能歌善舞的名叫阿勤丁洽西的柯尔克孜族姑娘的故事。书中是这样描写的："阿勤丁洽西脸上永远都有一种十分纯净的笑容，像天山上的云一样干净，又像天使一般有感染力，好像她的世界里永远不会有忧愁一般，有时候因为学习的事情，我也着急骂她，甚至把她骂得掉眼泪，可她从来不记恨我，第二天又高高兴兴地来学校了。每次路上见到她，她都欢快地跑到我身边，我特别喜欢把胳膊放在她肩上，搂着她，她就拥着我一起朝前走。"读着这段文字，还原那一场景，这该是倾注了多少对学生的爱，才拥有了这份师生之情啊！最让我感动的是下面这段文字：

"初二那年元旦，我收到了一封信，信是从门缝塞到我宿舍里的。瞧，我总是能获得这样的小惊喜，打开信封一看，是一张贺卡，粉红色的底色，上面印着一束立体的玫瑰花，撒着闪闪的金粉，打开贺卡就响起了贝多芬《致爱丽丝》的旋律。贺卡上写道：

亲爱的妈妈，祝您节日快乐，万事如意，工作顺利。

——您的学生阿勤丁洽西初二（1）班

看着这个简单且不算时尚的贺卡，我像得到了宝贝一般，捧在手里，小心地打开了一次又一次，看了一遍又一遍，这是第一次有学生称呼我为——妈妈，我被深深地感动了。"读到这里，我也被深深地感动了，并深信是爱让教育得以升华，是教育让爱种进了孩子的心田。

三是得法。教育是讲究方法的。教无定法，但是各有各的方法。教法的意义在于，施教者通过个性化的途径使受教育者达到受教育的目的，实现施教者的目标。在书中"足球男孩儿"这一片断，描述的是卡地尔、艾力西尔、阿克拜尔、阿赛尔江、马迪赛等一群热爱足球运动，但文化课成绩相对较弱的学生，在足球场上，他们可以为班级争第一，但期中考试成绩出来却让人傻了眼，十几分、甚至个位数的分数都有。面对这种局面，刘洁老师采取的方法是，利用每天的第八节课即课外活动时间，由她亲自督导，与学生一起学习，激励一群有运动天赋的孩子同时也喜爱上学习，因为"毕竟学习才是你们的第一任务，我决不能让你们瘸着半条腿往前跑。"这种方法最终得到了孩子们的认可，也收到了很好的教育效果。

转眼之间刘洁老师赴新疆支教都8年了。2017年教师节（9月10日），受学校委托，由我带领教务处、教师教育学院以及学生处的领导组成一个小分队，专程前往塔什库尔干县慰问刘洁老师。在塔县，我们走访了刘洁老师工作的塔什库尔干县中学、学生家庭，拜访了县教育局领导、红其拉甫边检站的领导，还驱车100多公里前往中巴边境的红其拉甫口岸看望守边战士，亲身体验了海拔近5000米口岸的高原反应，更加深刻地体会到刘洁老师选择西行、坚守边关是需要多么大的勇气和毅力。

令人激动和终身难忘的时刻还是发生在我们离开塔县的一瞬间。早上，面包车从宾馆出发，刘洁老师坚持要送我们一程，当车子离开塔县时，我下车与她握手道别，并依依不舍地说："我们就算把一个女儿留在了这里。"这时，刘洁老师再也抑制不住自己的感情，一边扑倒我的怀里，一边泪水夺眶而出，而我也流下了不舍的眼泪。这一场面，令全车的人都为之动容！

　　2020年的国庆长假比往年多了1天，闲暇之余，我跟我爱人念叨："我们上次去看刘洁转眼已经3年多了，虽然我已经退休，可是我们还有个"女儿"留在边疆啊，我们要找时间再去看看她"！我爱人说："那要早点儿，要不我们都老了，身体也吃不消了"。

和飞

2020年10月7日

初遇刘洁老师

　　初遇刘洁老师，是在2019年11月23日肇庆学院举办的全国乡村教师专业发展论坛上。那是在全国范围内第一次关于乡村教师的专业发展论坛，主办机构是刘洁老师的母校。论坛围绕全国乡村教师的发展问题展开了讨论交流，并邀请教育部教师工作司司长任友群作了近一个小时的专题报告。

　　作为发言嘉宾，刘洁老师在下午3:30上台演讲。那正是一天会议中最容易让人疲惫的时间段，刘洁老师的声音像一股清新的风一样吹进论坛，她在台上短短十分钟内，获得了几次雷鸣般的掌声，让在座的许多老师几度流泪，我也坐在观众席，拿着纸巾，擦着眼泪，难以抑止。

　　为什么大家会被刘洁老师的演讲打动？仅仅是因为她在遥远的帕米尔高原边境支教，让我联想到艰苦与付出、苦情与牺牲吗？

　　肯定不是，她的报告中几乎没有关于高原条件如何艰苦的描述。打动我们的，恰恰是充溢其中的乐观情绪与丰沛情感以及丰盈的生命体验。当一个个纯真的孩子在特长班得到关爱，当一颗颗纯真的心灵在刘洁老师的悉心引导下重拾自信，当一声声"妈妈老师""最美老师"从学生们的口里心里传递出来，那些真挚热烈的情感在她的内心引发了强烈的激荡——教育不就是心与心的交流吗？教师的首要任务不就是唤起孩子们对爱与美的感知，对自身的悦纳吗？

　　当都市中的我们被太多的教育理念冲昏头脑，当越来越激烈的教育资源竞争让我们日益焦虑的时候，我们常常忽略了教育最本质的功能——通过心与心的相遇，唤起对真、善、美的理解及持有。而在那个辽阔而物质相对匮乏的高原边境，因为没有那么多的信息输入，没有都市中剑拔弩张的激烈竞争，刘洁老师反而可以从容地去实践自己的教育思想，从最简单质朴的交流开始，打开自己与孩子们的心扉，让心与心的交流毫无障碍。

　　也许，最初的艰苦也曾让刘洁老师有过短暂的心怵；也许，语言与文化的隔阂也曾让刘洁老师有过短暂的彷徨，但她很快就调整好了自己，以坚定的姿态，找到了与孩子们的交流方式，找到了适合这一片土地的教育方法，从而收获了孩子们的全面成长、家长们的友谊和当地教育主管部门的认可。

当她的母校——肇庆学院原校长和飞与教师教育学院院长肖起清一行不远万里来到帕米尔高原看望这位令学校和老师骄傲的优秀校友时，坚强的她却再也忍不住哭了。和飞校长离开的时候对她和同行的老师说："我们把一个女儿留在了这里。"刘洁老师的泪水再也无法抑制，夺眶而出。这泪水，包含了太多太多的感慨——有感动，有不舍，有孤独，甚至瞬间的无助，也有回忆的闪现，继之以笃定担当。

当她选择来到新疆支教时，选择了与大多数同学不一样的生活方式时，她注定要承受与别人不一样的人生体验，包括孤独，包括分离，包括对父母的愧疚，当然也包括辽阔的自然环境带给她的舒展与从容，种种艰难历练带给她的刚强，以及这里的孩子与家长们带给她的丰盈的爱。而荣誉却是意外的收获，是她的努力与坚持经过积淀与发酵的结果，是她秉持的教育思想终于落地生根、开花结果带来的附属品。

芳华易逝，人生无悔。当一部分都市青年在所谓的佛系文化中不悲不喜，不作不为；当越来越多的毕业生找不到自己的人生方向，在信息的大潮中随波逐流；当"低欲望社会"的病症席卷越来越多的社会人……我们是不是可以把眼光投入到一个更遥远、更苍茫、更广阔，更需要我们的天地里去，让生命闪耀起来？

这里没有五光十色的霓虹灯，没有喜茶、星巴克、麦当劳，没有精致的健身房和豪华的电影院……但这里有更容易成就一番事业的土壤，有"桃之夭夭，灼灼其华"的春天，有壮阔高远的蓝天，充沛的阳光，苍翠的草原和望得见星星的夜空，有质朴温暖的心灵……

让我们重温习总书记的召唤——"到基层去、到西部去、到祖国最需要的地方去，做成一番事业、做好一番事业"，让青年人的力量、青年人的智慧、青年人的主观能动性凸显出来，用别一种活法点亮生命，改变世界。

王永岭

2019年12月

写在前面的话

　　我，一个山东女孩，与新疆这片从祖辈起就毫无瓜葛的土地，不知因为怎样一种缘分而在今生紧紧地联系在一起……

　　2019年的秋天，应邀回母校肇庆学院参加全国乡村教师专业发展论坛会议，很荣幸能作为乡村教师代表在会上作报告，和与会的数百名教师分享我在新疆支教的故事。记不清具体怎么开场，只记得十分钟的讲话中，想起这些年的经历，受到的关爱与收获的温暖，讲着讲着，眼泪就流了下来。短暂的发言也收获了与会教师热烈的掌声。会议后很意外地接到一个陌生的电话，电话那头是一位温和的女士，说是出版社的编辑，建议我把在新疆支教的故事写下来。这个提议虽然让我感到有点突然，却也像一个冥冥中的安排，似乎预料到有这么一天，只不过来得有点突然。其实在那之前我一直想梳理记录这些年在帕米尔高原工作生活的故事，但恐笔力不逮而迟迟搁置着。

在与王老师短暂的见面交流后，我的内心既激动又忐忑，激动的是终于要着手做这件大事了；忐忑的是仍然怀疑自己：我能写好吗？我写的故事有人看吗？如果出了书能卖得出去吗？王老师却一直鼓励我，在我从广东返回新疆的第一时间，就给我寄来了几本作家李娟的书，让我边看边学习。

我很快阅读完李娟的那几本书，她清新的文风及作品中描述的内容让我产生了许多共鸣，但我也被吓住了：写作真的是件非常不容易的事儿。王老师似乎预见到了我的胆怯与犹豫，在微信中对我说："你只要立足于自己的真情实感，把亲身经历过的事件写出来就好。"正是这句话让我重新看到了希望，我决意把支教生活写出来，不仅仅要与大家分享这八年来我用最美的青春年华编织成的故事，也希望这些故事能带给我的同龄人一些启迪，一些共鸣。

米兰·昆德拉说："生活在别处。"每个人的内心深处都天然地拥有对外面世界的向往。年轻的时候，我们渴望走出熟悉的生活圈，去陌生的地方感受多姿多彩的别样生活，体会纷繁而多元的文化，由此开阔我们的视野，丰富我们的生活，让所有的经历成为生命的历练。而这种历练，哪些于生命而言是有意义的，哪些是无谓的折腾，不仅在于这段走出去的经历带给我们的生命体验是否丰富深刻，更在于是否对他人、对社会产生积极的影响。支边、支教，从这两个层面来说，无疑都是十分有意义的。

提起支边支教，很多人会怀着畏惧的心理，因为支边支教总是和"艰苦、牺牲、无奈、隔阂"这类词语联系在一起，包含着苦情的意味。而我的故事恰恰可以告诉你，真实的支教生活是怎样的，会遇见哪些挑战，又会在怎样辽阔的天地里看到如何不一样的风景，你将如何去收获一个不一样的自己。没有炫目的教育背景，没有英雄主义情结，当我选择来到新疆的时候，心底所有的只是对教师这份职业的热爱，以及对边疆风景的向往。我知道这里需要我这样平凡的人，所以我的故事也是着眼于日常，写一些琐碎、平常的事件，不乏对孩子们的絮语、唠叨和牵念。正是这样的写作思路，使这本书的文体像一篇篇手记，又像一个个串珠般的小故事；串起这些小故事的，是由过去驶向未来的时光，是在广袤的新疆与我的山东老家之间绵长的距离，是我无悔的人生选择。

稿件即将完成的时候，正值2020年春季，窗外春意盎然、姹紫嫣红，一场突如其来的新冠疫情让今年的春与以往相比显得略有些寂寥。这段时间，从各种渠道读到太多的悲壮，太多的感动，无以言表。当全世界再一次见证了中国速度、中国奇迹、中国力量的时候，中国人正以惯有的克制、集体主义和英雄气概全力面对新冠疫情。与此同时，也有全民对生命价值的再思考。

深夜的电脑前，当键盘声响起，文字从指尖汩汩流出，学生们一张张灵动的面孔在我的脑海中不断闪现。他们给予了我太多的生命感触，已成为我生命的一部分，并让我的心灵变得和高原一样，简单、开阔、厚重。

相信，记下我在新疆支教的故事，用日常的温暖，传达爱的力量，传递教育的理念，这个世界会变得更美好。

刘洁

2020年3月20日

CONTENTS

目录

第四辑　帕米尔高原札记

第一辑

新来乍到

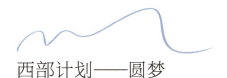

西部计划——圆梦

这是2012年6月在学校顺利通过"大学生西部计划"选拔后写下的笔记，字里行间透着青涩甚至傻气，却也最真实地道明了我非要去新疆的原因和感受，摘录在这里，一起认识那时的我。

从今天起，我要开始新的人生旅途了。我要到西部去，到祖国的边疆去，到了那里我就会有自己的西部故事了。不论我走到哪里，写得如何，我都会不停地写下去，用优美的文字，记录我真实的点滴……

不止一次有人问我："你参加西部计划的初衷是什

么？"这一个问题，我思考过很多次，最终，我觉得用"圆梦"来回答最合适不过。说起这个梦想的萌芽，就要追溯到我小学三年级的时候。那是一次语文课上，老师让我们谈谈自己的梦想是什么，因为当时我上的是爸爸单位的子弟小学，一个班也就十几个人，所以我们一个个起来讲。儿时的梦想总是很天真，有的同学说要成为科学家，有的同学说要成为发明家，轮到我了，我站起来大声说："我要当一个山村教师！"我清楚地记得当话音一落地，我就听到了同学们"哈哈哈"的取笑声。老师又问我："你为什么要当一名山村教师呢？"我带着哭腔指着墙上挂着的一幅画——一个小女孩拿着小小的铅笔头，睁着大大的眼睛，流露出渴望读书的眼神，那是当年"希望工程"宣传画——说："因为山里的同学还在用石头课桌和石头板凳，他们想上学却没有老师教他们。"话音再次落下，耳畔响起热烈的掌声，原来是老师在带头鼓掌，并且表扬了我。刚才取笑我的同学们纷纷朝我投来了羡慕的眼神。我想，大概就是从这时开始，我的心里便种下了要成为一名教师的种子。

不知这一幕我敬爱的老师是否还记得——老师感谢您的鼓励和肯定，成就了我小小的梦想。

说到这里也许有人会问了："难道你的梦想没有改变过吗？你一直在为理想而努力吗？"你可知道，儿时的梦想就像一个小小的风筝，虽然有时飞得很远，似乎看不见它了，但那根线却依然默默地拽在手中，一阵风吹来，风筝又飞起来了。上学以来，我并不是一个成绩特别好的学生，也不是那种"别人家的孩子"，因为我严重偏科，爱上语文课，喜欢文科类的所有课程，就是不喜欢数学课。我总是回想起年幼的我，因为倒背不出乘法口诀表，被数学老师拿着小教鞭狠狠地抽打手心时那种火辣辣的疼！或许就是从那个时候起，我就在心底对数学课产生了深深的恐惧和厌恶。同时，我也要感谢这位老师：是他时时刻刻提醒我要做一名有耐心的、诲人不倦的人民教师，而不要把这种深刻的记忆同样地转嫁到我的学生身上！

　　2008年我考上了一所师范类院校，这离我的梦想又近了一步！时光飞逝，转眼到了2012年5月，我就要大学毕业了。也到了西部计划报名的时间。当我决定报名的时候，有很多人劝我说："不要去啦，真的会很艰苦的，你有这种精神就足够了。"还有的人说："你去了回来还是什么都没有，比别人晚工作几年，更不占优势。"有些人甚至在背后议论我，认为我很傻。然而这些都没能动摇我，我还是坚定地报了名！笔试、面试、体检，一切都很顺利，我心里有说不出的喜悦。当我决定要去新疆支教的时候，更多人开始劝我："你真的想不开吗？搞不懂你怎么想的，新疆的风沙很大，紫外线辐射又强，要是去到缺水的地区，别说洗澡，说不定喝水都成问题！"还有人说："新疆太远了，你还是别去了。"我笑而不语。说实话，我的内心也斗争过，可是我太了解自己了，如果我放弃了这次机会，未来一定会后悔！什么风沙、危险、强烈的紫外线！见鬼去吧！怕死就不是共产党！不能当兵已经是我人生中的大遗憾了。为了不再多一分遗憾，为了无悔的青春，我一定要去！

"活着无需如洪水一般浩大、激荡，只愿能力所能及地发自己的光。"读到这句话时，我受到了直击心灵的震撼。我曾看过很多讲述支教故事的电影，每每被感动时，我都会说，将来我也要去支教；同学说我傻，说那是电影，但我想这将会是真的，也许我能成为真实的例子。我曾看过一篇纪实报道，讲述在贵州的大山深处，一位年近七旬的老人，养育了三个儿子，因为家里穷、读书少，孩子都先后下矿去了。无情的煤矿夺走了两个儿子的生命，小儿子后来也到大城市去打工了。记者采访老人，问老人有什么想说的话，淳朴的老人说："我们这里自然条件差，家庭条件差，没有将娃子培养出来。但我们不能怪命运不好，也不能依赖社会。在有能力的条件下，还是必须把最后一分力量使出来。"老人的话深深地打动了我，在残酷的命运面前，老人没有消极地埋怨，而是默默地承受，坚强地活着，鼓励最小的也是唯一的儿子去外面打工，让自己不成为任何一个人的负担，顽强地生活着。作为年轻人的我们，又有什么理由不去尽自己的能力做一点有价值的事情呢？

毕业典礼时笔者与和飞校长合影：戴上大红花，准备去西部

　　我很普通，没有太大的本领，作为一名师范生，当祖国需要我的时候，当基层、西部、艰苦的地方需要我的时候，我该做的是不求回报，尽自己的一份力量去奉献，到祖国最需要的地方去。在那遥远的西北大漠，我将用自己的方式默默地绽放，默默地美丽……

新疆初体验

　　新疆，在我国的地图上属于雄鸡鸡尾的位置。这片广袤的土地，藏着许多的未知与神秘。也许有些人一辈子也不曾来到新疆，但西部计划给了我这样一个难得的机会。记得爸爸妈妈为我送别时还叮嘱我说："好好锻炼！"

　　其实这不是我第一次出远门，在红色革命根据地铁道游击队的故乡——微山湖畔长大的我，坚强、勇敢、骨子里刻着豪情侠义。我总觉得自己像个男孩儿，走到哪里父母都不会太担心。这一次我要去遥远的新疆，去到一片对我来说陌生、辽阔、充满异域风情的美丽土地，心里虽然有着一丝不安，但却带着更多的期盼。7月25日那天我于济南机场登机，出发去新疆，航程中景色变换，湛蓝深邃的天空，洁白立体的云霞，陆地上绵延伸向远方的道路，还有那雄伟的山川、河流……真美、真美！我迫不及待向着大西北飞去。当我在天空中看到陆地上的沙漠戈壁，还有那无尽的荒原时，心里有说不出的感受。

终于，在经过将近五个小时的飞行后，我安全抵达了乌鲁木齐机场，顺利抵达新疆大学报到注册，开始紧张的培训。我终于成为一名真正的大学生西部计划志愿者。在这里，我结识了许多志同道合的年轻朋友。我为我们每一个人的奉献精神、每一个人的勇敢而感动。

培训的日子很短暂，7月31日我们将集体乘火车赶赴分配服务的工作单位。我被分配到了喀什疏附县的一所中学，一个我完全没有概念的地方。关于乘火车，我还记得有一个小插曲：我们本来应在31日早上出发，可临行前接到通知说由于鱼儿沟路段风大，火车停运，何时通行另行通知。也不知道等了多久，来接喀什志愿者的带队老师突然通知说火车要发了，让我们迅速到校门口乘车。我们慌慌张张地乘上了等待的大巴，大巴一路狂奔。到达火车站时，带队老师连行李也不让我们拿就要我们先上车，我只好拿着随身小包，疾步如飞地冲上了这一列要开一天一夜的火车。

学生买的是硬座票，老师是卧铺票。白天还好，我们新结识的小伙伴一起说说笑笑，看看窗外的风景，也不觉得累，但到了晚上就十分痛苦。虽然是夏天，但火车里却越来越凉，我从来没坐过24小时的硬座，加上行李不在身边，没有御寒的衣服，冻得直哆嗦，忽然很想哭。可当我疲惫地趴在小桌上，看到窗外隐约迎来黎明的曙光时，内心霎时又沸腾起来。车窗外的绿洲、晒葡萄干的晾房、白杨树的叶子真像歌里唱的一样闪着银光。

8月是新疆最好的时节，在火车上我第一次看到了维吾尔族美丽的姑娘、帅气的小伙，第一次吃到了真正的新疆葡萄、新疆的烤肉！还有比脸盆还大的油馕！以前听过新疆人骑骆驼上学的传闻，我以为新疆是无垠的沙漠，到了这里我才知道，原来新疆还有许多许多我未曾见识的美景、美食，除了沙漠、草原，也有现代化的城市，有美丽的校舍，一切都那么新奇而美丽！在这里，我结交了第一个少数民族朋友，跟他学会了最初的两句维吾尔语："亚克西""热合买提"。

第二天中午，我们抵达喀什，负责接站的单位早早候在车站，意外的是我没有被分到疏附县的学校工作，而是被抽调到了广东省对口援疆前方指挥部工作。虽然没能成为一名教师去支教，但我也服从安排。

昆仑山里飞来的金凤凰
——去山里当老师的决定

　　实际上我是到了喀什，才知道喀什下面还有许多县，知道了塔什库尔干塔吉克自治县，就是电影《冰山上的来客》中故事发生的地方。

　　天性浪漫的我便很想到塔县去做点有意义的事儿。去当老师吧！由于当时西部计划志愿者在塔县并没有服务岗位，所以以志愿者身份去是不行的，我查了很多关于塔县用人的信息，却一直没有岗位和机会。一直到了2013年春天，突然得到了新疆招聘教师的信息，看到塔县正好要招音乐教师。当时感觉这个机会就像是给我定制的似的，我便不假思索地报了名。

笔试对我来说并不难，成绩出来，差两分满分，接下来是面试。我一路过关斩将，连体检都很顺利。印象深刻的是面试的时候考官问我："我们喀什市也很缺专业音乐教师，你为什么不报我们这里，怎么想到塔县去？"

这是让我比较难回答的一个问题，因为在当地人眼里，喀什至少是一个市，这里有各种相对舒适和有保障的生活条件，而塔县是一个连他们都不愿意去的小地方，海拔高，缺氧，条件差，生活艰苦。因此我这一行动，遭到了许多人的反对，说我傻、议论我有毛病。但办公室的陈处长却不这么说，他送了我一本书，上面写了一句赠言："昆仑山里飞来的金凤凰。"这让我久久地感动着。

当然，不论别人怎么说，倔强的我总是任性地一次又一次坚持自己认为对的事情。

初次上山

　　我一直很感激身边关心我的好人，他们总是善良地对待我、帮助我。同在前方指挥部工作的同事会计王阿姨得知我要去塔县教书，感到十分吃惊，找到我悉心地劝说，让我一定要考虑清楚，一看说服不了我，见我要去塔县的决心还挺坚定，便让她的爱人王叔叔带我先到塔县去看一看，如果身体受得了再去也不迟。

　　我接受了这份好意，7月底的一天，我第一次上山了。还记得上山这天，行至盖孜边防检查站不远处就堵车了，车队长长的，一眼望不到头。司机只得把车子停下来，走到前面去看看情况，过了好一会儿他回来说："前面发生泥石流，有大石头滚到了路上，路堵住了，现在正处理着呢，还得多等一会儿。"听到司机这样说，我很震惊，以前在地理课本中学过的地质灾害——泥石流竟然就发生在我眼前！于是我跳下车，噔噔噔穿过车流跑到前头去探望一下，看看情况。当地的司机对这类事情似乎已是司空见惯，而我却是破天荒头一次见到，那种惊讶的心情，像是心里揣了一块大石头一样。走到前头，能清楚地听到路边深深的河道里哗啦啦的流水声；大铲车、挖掘机正轰隆隆地作业，把从山上滚到路面的巨石推到河道里，清理干净路面之后才能通车。

两个小时过去了，左等右等，道路还没清理干净，还是不通车。堵在路上的人都饿了，司机拿出他备下的馕分给大家吃，我觉得好香啊，那是我在新疆吃过的最好吃的馕，虽然很干，但香甜、饱腹。又等了许久，直等到我心里毛毛的。已到下午时分，感觉等到了地老天荒，周围空旷得望不到边。等啊等啊，道路终于通车了，我们重新坐上汽车，继续前行。

接下来的路程变得很难走，一路险峻、一路颠簸，让坐在车里的人很难受。我强忍着翻腾的肠胃不断深呼吸。好在一路风景美不胜收，白沙湖像一块巨大的碧玉，沙山上的流沙随风而动，就像一幅动态的画卷；湛蓝的卡拉库里湖就像蓝色的宝石，还有骑着白马在湖边飞驰的柯尔克孜族小

草原上的格桑花

伙……我第一次看到雄伟壮丽的慕士塔格峰，第一次看到在草原上游荡的牦牛，第一次看到草原上蜿蜒的小河，这一切都美得让人心醉。

开了八九个小时的车，终于到了县城。这是个面积不大却别有风情的小县城，街道两旁盛开着美丽、清雅的格桑花，远远看去，一片一片的粉色，让人喜爱。县城边上是阿拉尔金草滩，在落日的照耀下，这片草原果然美得不像话，我仿佛在观看一幅印象派的画卷，有点不敢呼吸，生怕一呼吸就惊扰了这一幅美不胜收的景致。

这一晚留宿在塔县，躺在床上的我翻来覆去睡不着，心脏狂跳，呼吸又深又重，感觉到太阳穴也在突突地跳，可能是高原反应吧。

我不停地回忆着这一天，在去红其拉甫国门（中巴边境接壤处）参观的路上，经过一个叫麻扎乡的地方，有几个塔吉克族小孩儿冲着来往车辆挥手大喊，当我们的车子停在路边时，小朋友们冲上来围着汽车售卖起他们手中的石莲。他们都有着大大的眼睛、长长的睫毛、高高的鼻梁和立体的面孔，脸上还有着一点高原红，有一个孩子胆大一些，走上前冲着我羞涩地笑，用不标准的汉语说："十块一个。"看着他们红彤彤的脸蛋、黑乎乎的小手、身上单薄的衣服和脸上渴望卖掉手里石莲的神色，我鼻子一酸，眼泪差点掉下来。也许我的情感就是如此简单。

此刻，想来山里教书，想到塔县来支教的想法却更强烈了，一路的危险和辛苦霎时被我全抛在脑后。我要来这里当老师！

父母的疼爱与我的自私

　　结束了一年的西部计划服务，我回到山东老家过暑假，我暂时瞒着父母，没跟他们说暑假后要去塔县教书的决定。一是他们年龄大了，怕他们知道了要担心发愁，二是我怕父母会反对。

　　出发前一周，我在电视上找出电影《冰山上的来客》来看，父亲一看是老电影，也很感兴趣，兴致盎然地和我一起看起来。这个时候我有点小激动，装作有个小秘密一样悄悄地跟父亲说："爸爸，开学我就要到这个电影中讲的地方去当老师，我参加了考试，已经通知我9月初去参加岗前培训了，票也买好了！"爸爸听我说完，脸上的表情瞬间凝重

　　了起来，没有表示同意还是不同意，顿了一顿，然后问我："你去这么远的地方，行吗？"显然我先斩后奏的行为还是不妥当。但我实在找不到更好的办法了。看见父亲忧愁起来，我心里也不好受。

　　很不巧的是，接下来几天《人民日报》《齐鲁晚报》的头版上都刊登了新疆314国道多处发生特大泥石流，造成400多辆车滞留的消息。父亲有每天看报的习惯，当看到这则消息时，他戴上老花镜认真地读起来，而后念叨道："这是一条国际公路，都这么难走这么危险吗？不能去！"我狡辩起来："没事儿，我都去过一次塔县了，没有报纸上写的那么可怕！放心吧。"很快，妈妈也知道了这则消息，于是，一家人都反对我去这么远的地方教书。那几天，吃饭的时候大家都分外沉默。

　　出发的日子到了，由于爸妈的反对，那种沉默和无声的力量让我乖乖地退了票，可我难过得一直哭，在家里也不想吃饭，把自己关在房间里，感到十分失落。长久以来计划好的安排，突然被迫改变，让我一时间找不到方向，也对其他的事情提不起兴趣。

　　父母见我这么伤心，终究还是心软了，松了口。在父亲主持召开的家庭会议上，他对我说了一句话："囡囡，你一定要去，我们也不拦你了，但是你以后吃了苦，不要埋怨爸爸妈妈没劝过你，没管过你；要是有一天你后悔了，不想干了，就回家来，爸爸妈妈养得起你！"听到父亲这样说，我哽咽得说不出话来，对着他们不住地点头。

第二天我便重新购票，准备启程。离家的时候，妈妈没有出门送我，我想她一定是躲在屋里哭了，爸爸站在门口久久地冲着我挥手，我看见他抬起胳膊抹着脸上纵横的老泪。长这么大，我从没有见到父母这么哭过。此刻的我，再也控制不住自己，任凭泪水肆意涌出，也模糊了视线。

那一刻，我真的很难受，我感觉自己做了一个自私的决定，只考虑自己要追的梦、想做的事，却忽略了父母对我的心疼和爱，忽略了父母年龄大了需要我照顾，执意远行，离开他们到那么远的地方去，从来不曾想到他们对我的需要，我是个不孝的孩子……

坐在火车上，看着熟悉的事物渐行渐远，慢慢和自己拉开距离，我的心渐渐平静下来，一个人在自己的座位上轻轻地抽泣，让泪水静静地流淌，不想擦干，不想说话，也不想吃东西。就这样让内心的愧疚随着对父母的牵挂一起尽情地流吧，只有这样，我的心里才好受一些。

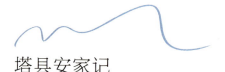

塔县安家记

我是2013年9月10日上山报到的。这天我起了个大早，带上行李，联系了一辆皮卡车，兴奋地从喀什这个大城市出发了。

一路上颠簸辛苦，窗外美景依旧，我的心情却是复杂的。我想家、牵挂着爸爸妈妈，但也想快点在塔县成为一名真正的教师，开始新生活。我一定要学以致用，有所作为！

傍晚，我和其他新来的老师终于到达县城的这所学校，与学校负责安排新老师报到的主任联系后，他把我们带到了学校操场边的宿舍。这里原来是学生宿舍，刷新了墙面后让新来的老师入住，我被分在了二楼中间的一间宿舍，窗户就冲着学校操场，旁边是三层的教学楼和远处清晰的雪山。我是做好了吃苦的准备来的，眼下的条件比我想象的要好太多了，只有学校安排的宿舍有点不尽如人意。我以为宿舍起码会是干干净净的吧，没想到只有两张破旧的高低床，地上尽是垃圾、碎石头和土疙瘩，灰楚楚、脏兮兮的。看来今晚是住不成了，天就要黑了，没有打扫工具，水房也没通水，而且我没带厚被褥，我本以为学校会提供。塔县的夏天晚上也是很凉的，没有棉被肯定无法过夜。

我在离学校不远的老鹰转盘处找了家宾馆，花了八九十块钱度过了这一晚，又赶紧联系了喀什的朋友帮我在市里买了棉被、简易衣橱、烧水壶等一些基本用品，明天找皮卡车帮我带到塔县来。

第二天一早，我准备好了扫把、拖把、水桶、清洁剂等卫生工具，便来到宿舍打扫这间小屋。我要把这里收拾得干干净净，温暖明亮。这里将是我的家了！水房还不通水，学校的后勤人员把一根长长的黑色胶皮水管从操场边的水井口接上，想办法从窗户伸到二楼，我先是彻底清除了屋里的垃圾，留下一张高低床，然后用水使劲冲刷着地面，冲洗了好几遍，地面仍然有泥水的痕迹。

打扫水房更不容易。显然这里的情况更糟糕，地上、水池里有一层厚厚的黑泥不说，还有许多碎石头，各种陈旧的污垢牢牢地粘在水池发黄的瓷砖上，加上下水道不通畅，要做的清理工作真不少。还好我到隔壁的男同事那里找来了铁丝、棍子，费了半天劲总算通开了一边水池的下水道。我往水房里撒了许多清洁剂，终于，整个水房露出了它本来的模样：粉色的地板、白色的水池，还有一扇明亮的窗户。接着，我顺带把对门的宿舍也清理了一下。不久后应该会有新同事来住吧？我期待着新的伙伴和同事加入这里，那时候他们就不用如此大费周折了。

　　狠狠地干了一上午之后，我的鞋袜湿透，衣服和头发脏得不忍直视，腰也累得直不起来了，一双手红得像胡萝卜似的。小屋总算被我清理出来了，看着干净清洁的地面，心里有一种由衷的高兴。说实话，我一直认为自己属于不娇气的女生，但花这样大的力气干活还真是头一回。在等待宿舍晾干的当儿，我回到那家小宾馆，换了衣服，歇息了一阵子，傍晚终于收到了从喀什运过来的被子、水壶、简易衣橱等物品。我立马退掉宾馆，拉着行李箱来到我的小屋。这半天里，宿舍已经晾干了，太阳透过窗户照进宿舍，晒了一个下午，房间里变得暖暖的，有一种和煦的味道。

　　我赶紧兴致勃勃地布置起了宿舍，卸掉上铺朝外的这根栏杆（不然很容易碰到头），铺好了床，摆上一张学生用过的旧课桌，铺上带来的桌布，拿出书本、杯子。没有床头柜很不方便，我灵机一动，把带上来的两个大纸箱粘好，摞起来搁在床头，也铺上一块塑料桌布，大小刚好。这下宿舍总

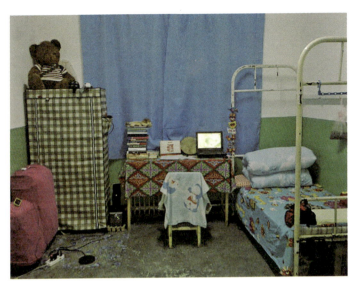

笔者在塔县的第一个小窝

算有个小窝的样子了!

　　这就是我的新家了。虽然很简陋,但经过了这一番布置,我的心里美滋滋的。看着这几件小家什,感觉还是自己的家好,金窝银窝不如自己的小"狗窝"嘛……躺在床上,感觉真满足……

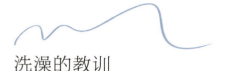

洗澡的教训

　　宿舍里没有独立的卫浴，只是在走廊中间有个公用水房，这样洗漱很不方便。塔县的自来水一年四季都很冰凉，不掺点热水刷牙的话，牙龈会被凉水刺激得疼起来；洗脸时，脸也刺生生地要疼一会儿，连手指里的骨头也被冰得发痛。于是我只能每天在宿舍烧好一壶热水兑着凉水来洗漱；洗头发也是这样，要烧上许多壶热水到水房去洗。虽然烧水的过程比较麻烦，但我一直像在保卫另一个自我一样捍卫着我的长发，于是我让同学从南方寄来了上大学时我们常用的放在桶里烧水的电热棒，这样洗头发可就容易多了，但在广东上学时养成的每天"冲凉"的习惯，在这里就行不通了。

在距离学校不算远的"菜巴扎"（集市）有个公共澡堂，我打听到之后就每个周末去洗一次。澡堂是一对河南夫妇开的，浴室由几个小间组成，打扫得还算干净，一开始是10元一位，后来涨价到15元一位，热水供应不限时。每个周末，我都像是要完成一件重要任务似的，十分郑重地对待洗澡这件事情，早早就把洗澡用的物品准备好，生怕落下什么，可经常还是会忘了这、忘了那，但也懒得再折回宿舍取东西，就凑合着洗一下。

浴室很小，没有窗户，只有一个小换气扇高悬在挨近天花板的一个角落里吱吱嘎嘎地转动，整个房间不是太透气，浴室分里外两处，里面是花洒间，外面是个矮柜，中间用一块帘子隔着。讨厌的是每次水蒸气都会透过那块不管用的帘子把外面矮柜上放的衣服打湿，每次来洗澡还要带上报纸和塑料布。

记得来县上第一次到澡堂尽情地沐浴了一场后，我带着七仙女从河里上岸般的欣喜从浴室里间走出来，掀起帘子一看，带来要换上的干净衣服却像沾满露水一样已是一片晶莹，我只好悻悻地穿上被水蒸气打湿而变得潮乎乎的衣服回到学校宿舍。更糟糕的是，到了晚上双腿竟无端地疼起来，把裤腿挽起来一看，天哪，腿上的皮肤竟然裂开了，还往外渗着血，一道道往外渗血的伤口像一条条扭曲的蚯蚓一般，令人触目惊心。我一时反应不过来，想不通为什么会这样，这一双大长腿怎么变成了这种可怕的模样！当时挺害怕的，赶紧给学医的姐姐打电话问明情况，姐姐说是因为高原干燥，刚去身体不适应，洗完澡后身体水分流失，加剧了皮肤的皲裂，涂抹润肤霜，滋润一下皮肤会慢慢好起来。听她这样说我才放下心来。当然，腿上的"蚯蚓"也在我身上爬了好几天才渐渐消失。自从有了这个教训，我每次洗澡一定会带上一大块塑料布，外加涂抹润肤霜，我可不想皮肤再裂开，其实还挺疼的。

　　冬天洗完澡从澡堂出来，还没干的头发还会立刻被冻硬，结冰。这时候我常会想起小时候，大人们带我去澡堂洗澡的遥远的年代。

姐姐来探亲

一年后，暑假回家，尽管我不停地跟爸爸妈妈说我在塔县的经历，说自己过得如何好，看到的风景如何迷人，努力表达我生活得多么快乐、充实，可爸爸妈妈还是不放心，怕我受苦，于是秋季开学时爸爸妈妈派出了家庭代表——我的姐姐送我回塔县，让她看看塔县，看看我的生活到底如何。

姐姐只比我大一岁，但是稳重、精明、善良、干练，是个能拿主意的女强人，我们一路到喀什，她的状态都还不错，可第二天上山，途中快到奥依塔克红山口的时候她就开始不舒服了，山路太曲折，又不好走，窄窄的车道另一侧就是悬崖，颠簸加上缺氧让她很难受。一路上我十分积极地给姐姐介绍路旁的风景，可是她根本没有精神看，似乎也没有听进去，脑袋歪在车窗上，揉着太阳穴，嘴里哼哼着"哎哟，哎哟，头疼""这是什么破地方"。看着她的嘴唇由红色变成灰白色再变成紫黑色，我知道她这是高原反应，显然很难受，我心疼起来。

到了塔县已是傍晚，我领着姐姐去学校对面的餐馆下馆子。虽然很贵，土豆丝儿都要28块一盘，我还是点了几个可口的菜招待姐姐。回到宿舍休息，我让姐姐睡我的小床，我在地上铺了毡子打地铺。这夜无话，我们早早地休息了。

第二天一早，我醒来时，姐姐坐在床边望着我，不知道她是啥时候醒的，只见她一双眼睛红肿着，故作镇定地对我说："你收拾收拾东西，咱回家，今天就走！"我想她一定是晚上没睡着觉，想了很多，流了很多眼泪，才说出这样的话来。

我哄着她说："我是有工作的人了，怎么可能说走就走呢？这儿风景这么好，工作也不累，这不很好嘛，别人想来还来不了呢！"她听完，眼泪"唰"地一下流下来了，知道是带不走我了，便"唉"的一声叹了口气，不再说什么。趁我去上班时，她便去菜市场买菜回来给我做饭，那天中午她给我蒸了鱼，炖了鸡，还把我的宿舍里里外外收拾了一遍，连水房都彻底刷了一遍。

第三天，姐姐返程，她不让我送她下山，我便留在山

笔者姐姐来探亲，在阿拉尔金草滩和塔吉克族姑娘一起玩耍时留影

上。送姐姐上车时，我只央求姐姐一件事："你回家别跟爸妈说这儿的条件差，就说我挺好。"我想姐姐应该是答应了。在那之前和之后，我都没有和爸妈说太多这里的具体生活情形，直到中央电视台播放了《守望》的纪录片，爸爸妈妈在电视上看到了我生活的环境，我的宿舍，我工作的地方，姐姐后来对我说，一家人边看边抹泪。

之后不久，我陆续收到了她给我寄来的电压力锅、蒸脸仪、豆浆机……

亲爱的姐姐，谢谢你心疼我。我还有句不曾开口对你说的话："我追梦去了，爸爸妈妈却留给你了，你辛苦了，谢谢你。"

第二辑

特长班的孩子们

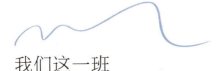

我们这一班

　　塔县是集壮美的高原风光、深厚的人文历史和绚丽的民族风情于一体的高原灵境，这里的山很高，这里的天很蓝，这里的草很绿，这里的孩子们能歌善舞，心灵纯净，并懂得尊敬师长，懂得感恩，而我就这么幸运地成为这些孩子们的音乐教师。

　　我原本是个特长生，在塔县工作的日子里，我发现这里许多孩子学习成绩并不理想，但特长却很明显，有的能歌善舞，有的爱画画，还有的踢足球特别棒，于是我主动向学校打报告，申请设立初中特长班，并毛遂自荐要求当班主任！这一申请当然受到了一些有教育经验的校领导的认可，但也

笔者和特长班的孩子们

遭到了一些保守领导的反对。我想支持我的领导最终还是克服了很大压力才批准了这事儿。

2014年9月，学校新入学的初一年级设立了特长班，我成为这个班的班主任。还记得在迎接新生那天，我用方便面的包装箱粘上白纸，在上面画上彩色的欢迎词，并粘了几个气球，在校园正门口端坐着迎接学生，这样既简单又隆重而喜庆的装饰，似乎此前在塔县未曾有过，至少到那天为止其他老师还没这么做过，于是我很快吸引了同学们的眼球，赢得了学生们的心，他们纷纷瞪着好奇的大眼睛跑到桌前来报名。

报名的学生很多，经过选拔，我这个初一班特长班就算成立啦。我们班有塔吉克族、维吾尔族、柯尔克孜族、汉族的学生！每一个孩子都很特别，每一个我都喜爱！有了自己的集体，我的归属感、责任感更强了，我一定会好好干，干出成绩来！

我要陪着他们一起长大！我一点也不后悔我最初的梦想和来塔县教书的决定！

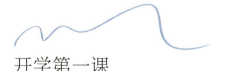

开学第一课

特长班组建好之后，放眼望去，我们班的学生有塔吉克族的、维吾尔族的、柯尔克孜族的和汉族的，这些来自不同民族的孩子们将组成一个班集体，成为一个大家庭，多好啊。我不禁美美地想：以后学校有演出活动时，我们班就能拿出各民族的精彩节目了，让这群孩子各显身手、百花齐放，该有多过瘾啊！

开学第一课，我先做自我介绍："同学们好，我姓刘，大家就叫我刘老师吧。我是一名音乐教师，家乡在山东，就在这儿——大家笔直地向东看，在地图上靠着大海的那个地方。我是参加大学生西部计划来到新疆的，我的大学在广东，那是一所非常美丽的学校，也就是说我是一个来自广东的山东人如今在新疆，在咱们塔县。非常高兴大家能来到一班，这是我们的缘分哦，希望咱们能共同成长，一起进步！"

"接下来请各位同学也像我一样做个自我介绍。给你们两分钟准备一下……时间到了，从第一排的女同学开始。"

"大家好，我叫胡尔西达，我是个爱笑的女孩儿。"

"大家好，我叫阿依西，很高兴认识大家。"

"我是艾力西尔，我喜欢踢足球，所以来到了这个班。"

"我叫达乌来提汗，我喜欢唱歌跳舞。"

"大家好，我叫阿尼扎巴努，我喜欢跳舞。"

"我叫木尼热，我是个怪脾气的女孩儿……"

"我叫阿依孜姆古丽，我喜欢看书。"

"我叫米克然，我喜欢摄影。"

"我是亚森江。"

"奥布里塔里甫，我喜欢画画。"

"我叫卡力比努尔。"

"大家好，我也叫卡力比努尔。"

"哦？还有重名的同学，怎么区分你们呢？一个个头高点，一个小巧点儿。那就叫大卡力比努尔和小卡力比努尔吧，继续。"

"大家好，我叫胡马尔。"

"我叫热依拉，我和热米拉是亲姐妹。"

"你们两个长得一点儿也不像。"

"我是多来提加玛丽，我喜欢唱歌。"

"我是阿依加玛丽，我喜欢画画。"

……

后来，到了初三，班上又添了几位新成员，他们是努柯柯、加拉力、地力亚、祖力比卡……他们是初三下学期转学到一班的，虽然来得有点晚，但都很高兴在剩下不多的中学时光能与其他同学共同度过。

这就是我们一班，共55人，是一个由不同民族、有不同兴趣爱好的学生组成的多民族大家庭，我们要像石榴籽一样紧紧地抱在一起，我们是一个团结的班集体。

今后我就要带领大家度过你们的中学时光了，让我们共同书写一班的故事吧！

刘老师是"魔鬼"

　　虽然我看上去很温和，但严肃起来却一点都不含糊，样子也是很可怕的，尤其是发火的时候，脸色铁青、怒目圆睁，用丹田之气紧贴后咽壁发出高频率的咆哮，能让你吓得一哆嗦。不过一般情况下刘老师不这样。

　　我是可以和班里同学玩在一起、劳动在一起，做朋友、做姐妹弟兄的那种老师，但如果只是这样做老师也绝对不行。我对一班的同学在学习和纪律上要求极为严格，号称"军事化"管理。

　　无规矩不成方圆。第一次班会课我就定下了种种规矩，要求大家"入室即静、入座即学"。学生的天职就是学习，如果不写作业、不交作业，我也有的是办法整治。比如，我不会让同学们蹲着写作业，或者罚抄一百遍，反正放学以后有的是时间，我既不骂人也不打人，给学生倒杯水，默默地陪着他，看着他写，直到他感到不好意思，以后便乖乖交作业了。再比如早读，起初我天天来班里看着，直到同学们养成早读的习惯，有一天不读了反而不习惯；后来我就不用每天早晨到教室来了，打开宿舍的窗户，正对着教室，同学们琅琅的读书声便会传到我的耳朵里，如果听不到读书声，刘老师就会阴沉着脸出现在教室，犹如从天而降一般。作为音乐老师，我还常常"霸课"，外面刮大风时，我就会"霸掉"学生的体育课，有哪个老师临时有事儿上不了课，我也积极地跑过来上课，倒不是用来上音乐课，而是给学生听写，让他们背书、朗读范文、复习历史课本上的内容……刘老师还经常在教室后门透过窗户或者门缝朝里面张望，或者用余光去观察情况，具有侦察兵"眼观六路耳听八方"的本领。刘老师真讨厌。

我们班让我尤其骄傲的一件事是——干净、整洁。有的班级真的会熏得让人进不了门。所有的老师都喜欢到我们班上课，教室里没有任何气味儿，清清爽爽，对我们班评价很高。我要求同学们讲卫生，刚从小学升入初中的孩子虽然年龄还不大，但有些行为习惯必须要养成，比如每个人每个星期必须至少洗一次澡，包括住宿生；手和脸必须洗干净，不能有污垢；必须每天洗脚、换袜子；鞋子不要总穿一双，要

"魔鬼"刘老师要求同学们排成整齐的队伍

替换着穿，要勤洗勤晒；校服每周至少洗一次，保持干净整洁；教室里的地面上不准有垃圾，在谁面前谁负责清理。爱管闲事并且不厌其烦的刘老师真啰唆。

每周一升旗仪式结束，大多数同学"呼啦"一下子就散开了，而我们班的体育委员就会整理本班队伍，带着队伍在田径场上跑一圈，然后跑步前进把队伍拉回教室，田径场上回荡着铿锵有力的口号声和整齐划一的脚步声，这不失为我们班呈现给学校的一道亮丽的风景线。上课的时候，同学们起立时总是把凳子在地上磨得嘎吱嘎吱响，每当这时，教室里就会一片混乱，刘老师训练同学们起立的时候，屁股离开凳子时不准发出声音，一遍不行练习两遍、三遍，虽然是一个苛刻的要求，但同学们都做到了，每次班长一声"起立"令下，我们班的学生就唰的一声站起来，不会发出任何杂音，甚至下课离开座位和走出教室，也不会发出难听的吱吱声了。刘老师简直是"变态"。

刘老师"魔鬼"的一面还体现在她的"狠"，"狠"得在学校出了名，学生都怕她，要是有学生在走廊里打闹，只要一看见刘老师走过来了，就会慌张地、惊恐地喊"刘老师来了，刘老师来了"，然后赶紧逃回教室。以至于其他班的学生都不敢到我们班门口玩耍和打闹，只要刘老师的一个眼神就会把他们吓得落荒而逃。

可是我们班的同学都爱刘老师"魔鬼"的一面！他们说，为有一个其他班级羡慕的班集体而骄傲。

一次特别的家长会

开学一学期了，是时候开一次家长会了。

这些学生的家长，看起来都是我的长辈，有的学生还是爷爷奶奶或者叔叔阿姨带大的，他们都很忙，有做生意的，有放牧的，也有在县里上班的，他们能来么？我这样一个年轻的、在他们眼里还像个孩子一样的老师，能有说服力么？能树立威信么？这着实让我紧张了一次。

可是，这个家长会我一定要开，一定要开好！我缜密地筹备了几天。我想，许多家长并不知道我们特长班到底是个什么班级，要培养什么样的特长。那就从这方面着手，给这些家长准备个惊喜吧。

　　我写起了家长会方案，这是一次——茶话会！准备家长签到表，安排马依努尔做翻译，再安排一个引导员、一个礼仪，美术生一人准备好两幅作品，学唱歌的同学排练一首歌曲，全班同学一起准备了诗朗诵《爸爸妈妈，您辛苦了》，剩下的就是我的任务了，准备纸杯、茶水、水果等零碎物件，再把入学到现在拍的照片整理并配上音乐和文字做成视频。这是给孩子们和家长共同的礼物，他们都不知道这一学期，自己的变化有多大。

　　家长会定在周五下午，我早早地布置了教室，桌椅以U字形摆放，小助手——班干部们在每个桌上摆上花生、砂糖橘……黑板是美术生的天下，他们精心地绘制出那天的主题，我让他们把我的姓名、手机号码醒目地写了上去。米克然是个喜欢摄影的男孩儿，每次班里有活动，我就把相机交给他，让他尽情记录、拍摄，当个小小摄影师过过瘾。

　　一切安排妥当，家长们陆陆续续来到教室。看：有的家长一脸严肃，有的怀里抱着一个孩子、手里还牵着一个小的，有的拿着手机"喂喂喂"个不停，有的穿得浑身亮闪闪或西装革履，有的是衣着朴素的农牧民，一会儿就闹哄哄地坐满了整个教室。

　　小引导员热情地安排家长就座，班长负责签到，礼仪负责倒茶水……这场面真是热闹极了。

　　我有点慌，不知道该怎么控制场面了，像训学生一样训家长肯定不行嘛，我灵机一动，先播放了准备好的视频《我们的成长》。当视频开始，家长们看见自己的孩子出现在屏幕上，吵闹的教室一下就安静下来了，大家都怕听不到声音，五分钟的短片记录展示了学生从入学第一天到此时的精彩时刻，每个家长都聚精会神地盯着屏幕，连被抱着或牵着的小孩子们也感受到了瞬间的变化和即刻的凝重，也不"咿咿呀呀"地吵闹了。

短片一结束，不知道哪位家长带头鼓起了掌，我想这掌声是对我小小的肯定吧。这时候，我走上讲台，向各位家长正式地自我介绍后说道："今天的家长会，是孩子们的时间，请大家看看他们的表现。"

首先出场的是美术生，每个人拿着他们自己的作品，大大方方地站在讲台上，展示给所有家长看，我看到这几个美术生中调皮的阿卜杜拉的妈妈在人群中骄傲地仰起头，抹着泪；接着音乐声响起，音乐特长生分组上台唱起了歌谣："轻轻敲醒沉睡的心灵，慢慢张开你的眼睛……""晚风轻拂澎湖湾、白浪逐沙滩……"清脆、甜美的歌声十分动听；最后，全班同学齐声朗诵《爸爸妈妈，您辛苦了》，在一波又一波精心组织的小节目的连番轰炸之下，家长们先是欢喜，接着感到欣慰，后来竟有不少人流泪了。

这时候，我才与家长们认真交谈起来，告诉他们特长班的意思。我想，看到孩子们的表现他们一定不难理解。而

家长们满意的笑容

后，我再问家长对学校、对我有什么意见和要求，家长们一开始不作声，突然阿卜杜拉的妈妈站了起来，她激动地说："我以前没有开过这样的家长会，阿卜杜拉学习不好，我看到他今天这样的表现特别高兴，谢谢老师！"说着又是一阵哽咽，眼泪就流下来了。我的眼睛也湿湿的。阿提看木的爷爷站起来说："现在学校有这么好的条件，这么好的老师，学生们一定要好好学习啊……"阿力通撒其的妈妈也马上站起来说："阿力通撒其成绩差，我第一次知道她会唱歌，以前哪一个老师这样管过？现在的学校好、老师也好，你一定要到我家里来，让我感谢你。"

"老师，我们对学校没有意见，对你没有意见。"

"老师我们支持你……"

"老师……"

各位家长开始争着站起来表达他们想说的话。

看着家长们这么热情，这么激动，这么信任我，我觉得责任更重了。我几乎是激动地向各位家长说："各位家长，我会像对自己的弟弟妹妹一样照顾他们、严格要求他们，我一定会带好他们，请大家放心！"

我收到了雷鸣般的掌声。让我感觉特骄傲。

家长会后，是带领家长参观学校的时间，家长们都围在我身边不肯走，有的要单独跟我谈谈孩子的情况，有的要跟我拍照合影，有的要与我拥抱，有的要跟我握手，有的拍拍我的肩膀，还有向我竖起大拇指的。我想，对于天底下的任何一个家长来说，孩子都是最重要的，这是家长对孩子的重视，对孩子的爱。

同学们，你们看到了么？爸爸妈妈为你们流露的欢笑与泪水、欣慰和期望……

这一次特别的家长会，让我树立了威信，收获了家长的信任和好评！我的动力更足了！

植树记

　　每年的春天，学校会安排全校师生参加植树劳动。这是件好事儿，俗话说："要想富，房前修路，屋后栽树。"让学生亲手栽树，建设家乡，美化家乡，这是责任，是义务，我想学生们明白这样的道理。党的教育方针也是要求学生"德智体美劳"全面发展嘛！

　　我这个特长班，唱歌的、跳舞的、学美术的女生占一大半，别看她们在舞台上看上去光彩照人，白皙纤瘦，可干起活来也是不输气场的，没有一点矫揉造作的做派，她们能吃苦，踏实认真。现在许多男孩子在家里是准少爷待遇，饭来张口、衣来伸手，但我的观念是男女一律平等！我常常说：

"男生在家一样要帮爸爸妈妈干活，在班里要打扫卫生，而且要把重活留给自己，谦让女生，这并不丢人，这叫绅士风度。"我这样教育班里的男孩子的效果是，男孩子平时看起来好像不如女生们表现积极，可到了要出力的时候他们从不含糊！抢着干脏活累活，让女生去干轻活儿。就比如冬天下的那场雪吧，我们班要把篮球场上冻住的冰雪铲到旁边的绿化带里，班里的男生主动整齐地站成一排，"咔哧咔哧"铲起雪来，三下五除二就搞定了，而我们班的女生们只要幸福地站在一旁，给他们加油就行了，其他班的女生羡慕得使劲儿看我们。

这次的植树地点是在距离学校将近10公里外的戈壁滩上，我们要到那里去劳动。这天一早我们就徒步出发了，学生们排成整齐的队伍，旗手在前面举着旗，几个男孩儿抢着要骑我的自行车，只好给他们定下规矩后一人骑一会儿。

到了劳动场地，只见荒芜的戈壁滩一直延伸到远处的山脚下，风"呼啦啦"地刮着，卷起尘土在天空中放肆地狂舞着。我们的到来，打破了这片凄凉和寂静，学生们领取了镢头、铁锹、爬犁、十字镐等工具，分配完任务就分散在茫茫的戈壁滩上。各种颜色的衣服、头巾在风中飞扬着，使这没有生机的戈壁滩刹那间充满了活力。我们要在这里种下希望。不久之后就会有坚强的小树苗在这里扎根并茁壮成长，多年后，也许我们能在这里看到一片森林。

动起来！劳动的事情在我们班是吐尔洪江、古力西尔几个年龄大一些的男生操心，他们是常在家干活的男子汉，也是其他同学们的"老大哥"。他们很会做事，班上的窗户玻璃破了，没等我交代他俩就能"叮叮哐哐"地几下子修好。种树这样的劳动当然也不在话下，他们不让我多管，嫌弃我不会干，说包在他们身上了。我只有紧张地远远地望着他们，做好安全和保障工作。

吐尔洪江和古力西尔先领着女生把地里的石头捡到田埂上。这项工作其实很让人崩溃，那么多石头啊，好像怎么捡也捡不完，怪不得塔县有"石头城"之称。男生们则同时拿起工具一锄头一锄头抢起来，按照要求的距离和位置刨好坑，等着树苗运过来栽上，就这样狠狠干了一上午。

中午不用返校用餐，而是由校方把午饭用大车拉到劳动场地来。学生呼啦一下全围上去了。啊呀，这场面！是啊，干了一上午，孩子们累了、饿了。午饭盛在餐盒里，米饭和菜装在一起，每个餐盒就是一份，可由于准备不是特别充分，有的同学领一份，有的同学多拿了，导致一些同学领不到饭。这种时候，我们班的孩子们就不爱往前冲，等到大家拿完了、人少了才去拿，所以很多人就没领上饭。我一见就急了：劳动强度这么大，饿肚子怎么能行？我赶紧在路边拦了车，跑到外面买了好几袋粉丝，外加小咸菜，迅速拌好一大盆粉丝带上，然后又跑到打馕店买了一大摞刚出炉热乎乎的油馕。付钱的工夫，维吾尔族老板问我："你买这么多馕干吗？"我说："给我学生吃的。"老板一听硬是往袋子里多塞了两个馕。

我买好了馕，又打上车，一路飞奔到劳动场地，赶紧把同学们叫到一起分菜分馕。一开始几个男生还都谦让，不好意思吃，摆摆手说："老师，先给别的同学吃吧！"我假装生气地说："都有，你们必须吃！"大家这才都拿上馕吃起来。由于出去买东西的时候太着急，忘了带筷子，这会儿也不管那么多了，就号召同学们和我一起用手抓着粉丝，就着馕、小咸菜吃起来。虽然是很简单的一餐，但许多同学都跟我说："老师，您做的菜真好吃！这个菜叫什么名字？""老师，您看那边几个女生都觉得好吃到哭起来了……"

我赶紧逗那几个女生说："哟喂，看来我手艺不错，不要哭，往后日子长着呢，觉得好吃我以后再给你们做！"逗得大家都咯咯地乐起来。

午休后，风更加猖狂了，热曼夏、马迪赛、阿卜杜拉，还有足球男孩儿们干得更卖力了，不停地挖土铲土。我对马迪赛说："休息会儿吧，把手套戴上呀。"他回道："老师，没事儿，我不累，把手套给别人。"有的时候，这些倔强的孩子就是这样懂事。

终于，等我们挖好了全部小坑，运树苗的卡车也来了，大家按任务领了树苗并栽上。栽好后，我们就集体跑到田埂边，县政府提前铺好的灌溉管道的出水口旁等着放水。当看着清澈的流水哗啦啦地涌向我们班栽下的小树苗时，我们欢呼着、雀跃着、吼叫着，追着流水向前跑！直到流水把我们种下的每一棵小树苗都滋润了，我们才肯离去。

在返程的路上，热曼夏骑着自行车，我和其他女生一路手挽着手往回走，我问身旁的姑娘们："累了吧？"她们在我耳边轻轻地说："老师，我们不累，今天特别开心。"

虽然这次劳动，我们晒伤了脸、晒爆了皮，吃了不少风沙、尘土，马迪赛手上磨出了水泡，水泡又磨破了还流了血……这些我都知道。但你们能吃苦，不怕累，你们单纯、善良，你们懂谦让，相互团结、爱护，热爱咱们的班集体……这么好的你们，让我感到特别欣慰。

春游——集体过生日

6月，天总算是暖和了，塔县的高海拔气候使得这里的春天比平原来得更晚些，这时候的阿拉尔金草滩上的小河上的冰雪早已消融，远远看去草色青青，牛羊成群，粉色的、黄色的小花随意地散落在草地上，瞧，那里还有一头正撒欢的小毛驴"呜昂、呜昂"叫着。阳光和煦、春暖花开，这样好的景致，我们何不组织一次春游呢？好，就在这个周末。

周五下午的班会课上，我向同学们说起一起春游的提议，没想到这样的想法使得大家都兴奋起来。大家你一句、我一句地出着主意，讨论带什么好吃的，穿哪条漂亮裙子，简直是热闹得"炸了锅"。我们约定好时间，周六上午，北京时间11：30在校门口集合，目的地是阿拉尔金草滩上艾米达家门口的草地，午饭就在草滩吃，玩够了就回家。有条件的同学可以在家里准备水果、零食和喜欢吃的菜，住校生就带着嘴来，阿卜杜拉带上家里的烧烤架和木炭，剩下的交给我。

下了班，我赶紧跑到塔县为数不多的蛋糕店订了个奶油大蛋糕。嘘——这是个小秘密，是给大家准备的小惊喜。我知道我们班上很多孩子还没尝过蛋糕是什么滋味，很久之前我就想有一天给他们买个蛋糕，哪怕一人只吃一口。

第二天一大早，我跑到菜市场买了几包粉丝、一大袋新鲜的小油菜，还有土豆、牛羊肉。我要准备三个菜，在戈壁滩上种树时吃过的拌粉丝一定要有，再炒个土豆丝儿、小青菜，一锅炒不开就炒两次。正当我在厨房忙得热火朝天时，家住学校附近的阿依西、阿依孜姆古丽、阿依加玛丽来宿舍找我了。阿依加玛丽穿了漂亮的裙子，头戴一顶精致的维吾尔族小花帽；阿依西、阿依孜姆古丽这两个平时文文静静的小女孩今天却一反常态，头戴鸭舌帽，身穿棒球服、运动裤、运动鞋，一身酷酷的打扮。她们见我忙活着，马上撸起袖子就要帮我干活，拦也拦不住，于是师生几人一起在小厨房里忙活起来了。阿依加玛丽洗菜，两个酷酷的女生就腌制起了烧烤用的牛羊肉，因为新疆的烤肉都要放上鸡蛋、洋葱等调料腌制后再烤的，这个程序我还真不太会，刚好两个酷酷的女生很在行。准备得差不多了，我就用盆、电饭锅的内胆把菜包装好，收拾妥当，再回到宿舍换上了一条大红色的连衣裙，戴上漂亮的帽子。我还特别邀请了小婉姐——她是从乌鲁木齐人民医院来塔县支医的，是我家先生王医生的同学。小婉姐很高兴，特别贴心地给我们买了一大袋烧烤丸子等好吃的东西。

一切准备妥当，出发。

校门口，大家都已经到齐了，看得出这群孩子已经迫不及待了。瞧他们，你端着个大大的搪瓷碗，我抱着个大西瓜，班长胡尔西达和几个班委拎着纸杯、花生、糖果等，大家都神采飞扬的。场面好不热闹。整理好队伍，我们兴致勃勃、浩浩荡荡地出发了，从学校到草滩，路非常近，步行几分钟，下个坡就到了。不一会儿，我们就来到艾米达家门前的草地上。这里的景色是极好的，平整的草地像一面无边的地毯一样伸向天边，一条清澈的小河在我们身边蜿蜒而过，低矮的房屋旁紧挨着石头砌的羊圈，小羊羔躲在羊妈妈旁边好奇地看着我们这一大群人，小毛驴又在旁边"呜昂——呜昂——"地叫起来，真是有声有色！

艾米达的妈妈见我们来了，十分热情地拥抱我。这时候的我也学会用贴面礼问候她了，她非常高兴、慷慨地拿出家里所有放在炕上的长垫子，让我们铺在草地上坐。我们把垫子围成一个大大的长方形，把好吃的集中放在垫子中间。

　　瞧瞧大家带来的东西，真是丰富：亚森江妈妈知道我们要搞活动特意做了拿手的大盘鸡让他带来；胡马尔带了抓饭；胡尔西达带来了水果沙拉；艾力卡木江带来了炒菜；大卡力比努尔家里是开水果蔬菜店的，她的爸爸妈妈特意让她带了好几个大西瓜、哈密瓜。布置好"餐桌"，大家放起了音乐，我们先唱唱跳跳热闹了一阵子，艾米达的妈妈就在屋里给我们切西瓜、烧奶茶。趁着这个时候，我去拿蛋糕。老板给了我三个蛋糕而不是一个，原来是我家王医生知道我要给学生过集体生日，觉得一个蛋糕肯定不够，就慷慨解囊又多订了两个。世上就是好人多嘛！

　　终于可以正式开席了，看，大家还是那么喜欢吃我做的粉丝，有个男生夹着粉丝越拽越长，干脆仰起头来把粉丝放进嘴里，他仰天吃粉丝的滑稽模样逗得大家肚子都笑疼了。土豆丝儿和青菜这两道新品也受到大家的喜爱，很快几盆菜都被消灭掉了。学生们一个个说："老师，您做的饭怎么这么好吃，下次还搞这样的活动行不行？还给我们做菜行不行？"我高兴又故作严肃地说："好，不过得等到你们成绩有进步了，咱就还有下一次！要不然，哼，我天天把你们堵在教室里，哪里也别想去！"大家哈哈笑了，我问："你们能做到不？"同学们齐声高喊："能！能做到！"这吼声震耳欲聋。

　　生日蛋糕摆上来了，我选了淡粉色奶油，同学们都特别

春游——集体过生日

惊奇，"哇"的一声叫起来。

"谁过生日？"有同学问。

我说："我们先唱生日歌吧！"

大家一起兴奋地把生日歌用汉语、英语、塔吉克语各唱了一遍，此时我又发话了："这是一次集体生日，我愿你们能成长得更好，也愿咱们班集体成长得更好。咱们一起加油，祝大家生日快乐！干杯！"大家共同举杯，一张张笑脸像一朵朵盛开的鲜花一般，那种明媚的欢乐，至今我都忘不掉。女生们负责分蛋糕，我安排她们给艾米达妈妈也送块蛋糕，她家里还有个没上学的小妹妹呢。

大家都在高兴地吃着蛋糕，看见几个同学那么认真吃蛋糕的样子，我觉得又心酸又幸福。正想着，调皮的阿卜杜拉不知道什么时候绕到了我身后，往我脸上划了一道奶油，没等我反应过来就又迅速跑开了。这时候，大家开始把奶油相互抹在别人的脸上了——不得了，一场全班的集体奶油大战开始了。看他们笑着、疯跑着、胡闹着、相互追逐着，摔倒了就干脆躺在草地上哈哈大笑着、打着滚，真好啊。时光不能定格欢乐，但记忆可以。孩子们的欢乐是纯粹的，真希望在他们的中学时代能多留下一些欢乐的时刻。

这边儿，亚森江已经把烤肉架子生起了火，他右手拿着一把羊肉串，左手拿着扇子，头顶维吾尔族花帽，嘴里哼着小曲，活脱脱一个陈佩斯演的"买买提"。那边儿，几个女生播放出欢快的音乐，大家一起跳起舞来。跳舞对于班上的孩子来说就是易如反掌的事情，唱歌跳舞像是他们与生俱来的本能一样，看着他们欢乐地跳着，耸着肩膀或者扭着腰，身体灵活地做出各种优美协调的动作，这种场景能让每一个人都情不自禁地跟着节奏舞动起来。班长把我拉上去跳，跳就跳，我一个音乐老师还怕跳舞么？来新疆这么久了，虽然对他们的舞蹈学习模仿得还不到位，但跳两下还是可以的。我们转着圈，挥舞着手臂，一会儿模仿鹰的动作，一会儿晃动着脖子，同学们在下面"噢噢噢"地随着节奏叫着，闹着……

亚森江用特别好笑的腔调喊着："羊肉串儿来啦！"这家伙总是这么善良，耐心地干最辛苦的活，乐于服务同学。大家一边吃烤肉一边尽情地玩儿，艾米达的妈妈给小毛驴铺上个垫子，调皮的阿卜杜拉骑着毛驴嗒嗒跑起来，逗得我们大家笑得前仰后合。

我躺在草地上，听着他们欢乐的笑声，望着蓝天放空着大脑。我也好久没这么开心过了。和学生们在一起时总有这样的时刻，让你觉得你之前付出的所有辛苦、所有疲惫，你为他们操的心，甚至为他们生的气，都是值得的。这样的时刻，让你觉得，你的选择是正确的。

有一个姑娘

"有一个姑娘她有一些任性，她还有一些嚣张。有一个姑娘她有一些叛逆，她还有一些疯狂……"

喔，是哪个姑娘呀？

我们班就有这样一个姑娘，她就是木尼热。

木尼热上小学的时候在社会爱心公益组织的带领下参加过一次赴上海的夏令营活动，结识了"上海妈妈"和上海的小伙伴。可能是因为看到过外面世界的繁华吧，她比其他同学思想要活跃许多，她最大的梦想就是能够到上海这个城市上大学。

初一那年新生刚入学的时候，我印象最深刻的是这个小姑娘不像其他同学那样跟我有距离感，其他孩子对我有点敬畏或者害怕，而她好像很早就认识我似的，总是跟在我身边，不停地主动找话题和我说："老师，您眼睛长得真好看，您是哪个民族的？""老师，您的头发好黑呀。""老师，这个我帮您拿吧……"她也不问我能不能收她到班里，而是有一种认定了要跟着我的自信，气定神闲地在我身旁，不离左右。说来也奇怪，我对这个个头高挑、开朗漂亮的小姑娘一点儿也不反感，反而十分喜欢她。她有一双大大的眼睛，长长的睫毛，笑起来的时候有一种春风十里的灿烂，让我很想把她"据为己有"。就这样，这个姑娘顺理成章地进了我们特长班。

这个活泼开朗的小姑娘，成绩在班里不算好，属于中等，若能下苦功夫，还是有提升空间的。她喜欢跳舞，我觉得以她的条件，培养成超级模特也不是没有可能。

这个姑娘性格有点强烈，还有点急性子，在班里回答老师问题的时候，别的同学都是举手等待老师叫起之后再回答，可她却不管不顾，总是抑制不住自己，等不及举手就在座位上大声喊叫起来，也不管答案是对是错。这种扰乱课堂秩序的行为让班里许多同学都对她甚是反感，说她疯疯癫癫，可她意识不到自己的问题，感到很生气，便与班里嘲笑她的同学吵架，并且认为自己是对的。这个时候，她也不会跑来向我诉说，而是一个人不说不笑，闷闷不乐地赌起气

来，不知道是在生自己的气还是生同学的气，也许兼而有之
吧。直到我发现了她的失落，把她带回宿舍——我那温馨的
小屋里，她才委屈得吧嗒吧嗒掉眼泪，向我诉起苦来。

我给她举例子、讲道理、分析对错，她会恍然大悟，认
识到自己的错误，向我表决心要改正，回到班里装作什么也
没发生一样，大大方方地向同学们承认错误，有说有笑地和
好了。这一段时间，她会尽量克制自己的情绪和脾气，遵守
班级纪律，可过了多久她又会忍不住犯同样的错，于是，
相同的过程便又会再来一轮。

她非常耿直、实在。对喜欢的人、喜欢的朋友，好得掏
心掏肺的，对不喜欢的人（哪怕是老师）、看不惯的事会嗤
之以鼻，摆出一副"送你离开千里之外"的冷漠表情，完全
不掩饰自己的情绪。有一天，学校的一位老师向我告状，说
木尼热放学之后跟某个男生一起走，又不懂礼貌，又不服从
管教，如何如何坏……虽然当时我接受那位老师善意的批评
和提醒，还真诚地向这位老师表达了感谢和歉意，表示一定
会严肃处理这事儿，可不知为什么，我心里却不高兴极了，
心里的那个"小恶魔"好像忽然让自己变成了一只"护崽的
老母鸡"，恨不得张开翅膀、竖起身上所有的羽毛，狠狠教
训一下这位告状的人。当然，这种情绪只是一闪而过，但我
容不得别人数落我的木尼热，她才不像你说的这么可恶呢，
就算她有错那也得由我来管教！

　　虽然不高兴的情绪飘过我的心头，但毕竟"养不教，父之过。教不严，师之惰"，我一定要严肃对待，认真处理这事儿，我准备下午找木尼热狠狠地批评教育一番。

　　中午我正在宿舍拖地，木尼热母女来到我的宿舍了。我赶紧给木尼热妈妈倒了杯热茶，让她在我的床边坐下来。木尼热站在我的旁边开始委屈地哭起来，一把鼻涕一把眼泪诉说着那老师的不是，反正就是不承认错误。木尼热的妈妈肯定是护着孩子的，看来这事儿不像看起来那么简单，处理起来还很棘手。送走木尼热妈妈，我关起门来与木尼热推心置腹地谈起话来。我先是了解清楚情况，然后苦口婆心地劝导木尼热去给告状的老师认个错，可她实在太犟了，我说得口干舌燥，她承认自己有错，但就是不去给那位老师道歉。我气得头都晕了，对她说："我有点难过，如果这样，别的老师会怎么看我呢？他们会不会说是班主任没有教育好你？班主任一味偏袒你？你考虑考虑。"

　　"你可以试一下，温和一点点、善待每一个人，对每一个人都以礼相待，看看他们会如何对你呢？"我想木尼热是疼我、在乎我的，最终她还是想通了，意识到自己的问题，去给老师道歉了，并且再也没有犯过同样的错。这场风波终于平息了，在这次长谈之后，一直到毕业，她再也没让我如此费心过。

　　这个小姑娘很热情。每逢过年过节，她一定要请我到家里去做客。记得初一那年的肖贡巴哈尔节假期，我在宿舍还没起床就听见"咚咚咚"的敲门声，我正纳闷儿是谁，就听见木尼热在门外喊："老师，我是木尼热，我来接您了，到我们家去过节吧。"类似这样，如果没有特殊情况，每年的节假日，木尼热家都会向我发出邀请。如果她听说我的朋友到塔县来旅游了，也会热情地邀请我带着朋友到她家坐一坐、看一看，盛情地招待我们。

这个小姑娘很懂事儿，在家里她是老大，是妈妈的小助手。记得初二那年，木尼热的小妹妹出生了，我赶紧买上鸡蛋、牛奶去医院看望她们。她家的小妹妹可爱之极，刚出生就能看出一双深深的双眼皮，我记得我妈妈说过我刚出生也是一双深深的双眼皮。不像我姐姐是长大后才"变"成双眼皮的。小家伙长得简直和木尼热一模一样，看着木尼热忙前忙后地照顾着妈妈，疼爱地哄着妹妹，像个"小大人"一样，我心里又是一阵欣慰：我的木尼热是个体贴懂事的大姑娘了。

毕业那年，她顺利地升入高中。她学理科，在学校是不让使用手机的，可只要一有机会拿到手机，她就会给我发个消息说："老师，想您了，您什么时候来看我们？"而我总是回复她："不要玩手机，赶紧去学习。"每年的教师节那天，一定能看到她的朋友圈晒出许多我的照片，还写道："我永远不会忘记您，我的星星！"

看到这些闪亮灼人的字眼，我的心里总是滚烫滚烫的，感动得一塌糊涂。每逢假期，木尼热回到塔县，我们是一定要见面的。每次见面她都会紧紧拥抱着我说："想您了，老师。"而开学前我会捎给她一套五年高考真题分类训练复习材料。

2019年的夏天，我的母校肇庆学院学生处的罗老师到喀什开展暑期学生"三下乡"活动，虽然时间很紧张，但我的老师们还是不辞辛苦专门乘了六七个小时的车从喀什到塔县看望我。在木尼热家参观时，我的老师采访了木尼热，谈起学习和理想时，木尼热认真、激动地说："我想成为像我们刘老师一样善良的人、成为像她一样的老师，做一个有用的人，能实现自己价值的人……"在场的人都被感动了，我的眼睛又一次湿润了。

尽管这个姑娘任性、疯狂、倔强、嚣张，可在我心里她懂事、善良、耿直、漂亮，她懂得感恩，她有个性、有梦想。

有一个姑娘，她永远刻在了我的心里。

足球男孩儿

　　卡地尔、艾力西尔、阿克拜尔、阿塞尔江、马迪赛……他们是我们班上的足球男孩儿。

　　当然他们是因为热爱体育运动，所以才到我班上成为体育特长生的。他们有一个共同的特点，就是文化课成绩略显薄弱，但踢起足球来绝对个个棒！

　　在高原上，像我这样的人往往快走两步、爬几级楼梯就开始"呼哧呼哧"大口喘粗气了，可他们就像一群不知疲倦的小马驹，不停地跑呀、跑呀，不停地追逐着绿茵上的足球，像是有使不完的劲儿。

　　我原本对足球运动不感兴趣，因为看不懂规则，更不能理解足球球迷们为何有如此高涨的激情，一大群人追着个小球跑啊跑，好不容易射门了，却被守门员拦截住了，还是没进球，于是又开始跑啊跑啊，真是让人着急！这远不如篮球运动那样让人沸腾、过瘾。我喜欢篮球，上大学的时候还在院队打过中锋（虽然球技一般）。本希望班上的运动男孩儿们能学打篮球，可刚上初中的娃娃们个子太小，也不太会，初一那年运动会上班级篮球赛时我们输得太惨了，严重地挫伤了这些孩子对篮球运动的积极性。不过这些不服输的男孩儿却对失落的我说："老师，等会儿足球赛，您看我们的，保证给您拿个冠军回来！"

足球赛开始了，我率领着班上颜值高、气质好的啦啦队为足球男孩儿们加油打气。直到看了我们班足球男孩儿的表现，我才发觉，原来足球运动真的是一项令人热血沸腾的运动。是他们让我爱上足球运动的。

这次足球赛是小场地比赛，一连四小场，4×40分钟，我们班的足球男孩儿分别以5:2、2:1、1:0的好成绩战胜强手，最后以4:0的佳绩潇洒夺冠！哇，我和啦啦队员们跳跃着，欢呼着，那一刻我真的特别骄傲！我们班的两个大前锋，帅气的带球动作让人着迷，我们的门将更是勇敢，各种扑球动作敏捷而有力，虽然摔在地上让我心疼。我们为足球男孩儿霸气夺冠而欢欣雀跃！

其实在我心里冠军不冠军还不是第一重要，关键是这些

足球男孩儿的风采

男孩儿表现出来的勇敢、好强、不服输的劲头，这些比什么都强！

　　每个孩子都是一个宝贝，只是他闪光的那一点各不相同而已。作为老师，真的要有一双善于发现的眼睛呀，宝贝们给我上了一课！

　　自从这些足球男孩儿在比赛中拿了好成绩后，我对他们踢球更是大力支持，还给他们一人奖励了一双"皇马"足球袜！可在看到他们期中考试的成绩时，我笑不出来了，十几分，甚至个位数的分数都有，我哆哆嗦嗦地拿着成绩单，要急疯了。我知道，特长虽好，但不是挡箭牌，升学考试的时候，多少学生因为特长过了线，文化课却过不了线而被挡在了理想大学的门外！这事儿我得管，于是我决定每天第八节课，看着他们背书、学习，绝不能放任他们再到教室外疯跑、疯玩了。

这天起，当第七节课下课铃声刚刚打响，我就飞一般冲到教室门口，把这群刚想脱缰的"野马"堵在教室里。我走上讲台恶狠狠地宣布："从今天起，每天第八节课都由我来上，咱们就背书、学习，背会了的同学通过检查后就出去踢足球、打乒乓球。"这是我第一次这么凶狠地下命令，所有同学都静悄悄地不敢作声，表示服从，拿出课本背起书来。当时这几个足球男孩儿一定恨死我了。

虽然是一个痛苦的过程，但一旦走过最初的强制，习惯养成就好了。这些学生读书这么多年来从没有背书的习惯，也没有被人逼着学习，没有强制性的约束，突然被老师认真地管教起来，似乎太难了。只见他们个个紧皱着眉头，手扶着脑袋，嘴里不停地念着课文，颇有孙悟空被唐僧念了紧箍咒的模样。

我在心里默默地说："对不起啦，孩子们，即便是这样我也要狠下心来。毕竟学习才是你们的第一任务，我绝不能让你们'瘸着一条腿'往前跑。"20分钟过去了，没有人背给我听。我鼓励道："没事儿，能背多少是多少，我也才刚背会了两段。"说着我就合上书，背了两段，说："我也不会，但我可以跟你们一起学呀。"

在不断的鼓励下，成绩较好的孩子开始找我背书了，我问足球男孩儿："你们几个呢？"终于，担任足球门将的阿克拜尔举手了，他说："老师，我试试。"他走到我身边，张口像机关枪一样流利地背出了前两段的内容，班里同学都呆住了，尤其是那几个足球男孩儿，惊讶得下巴都快掉下来了，我赶紧说："呀，阿克拜尔，你背得这么好，球又踢得好，脑瓜也这么好使。你真行啊！好，你可以出去踢球了！"阿克拜尔腼腆地笑了，说："老师，我下课再去踢球，现在我留下来把后面的内容背会。"这回答让我很欣慰，再看看那几个足球男孩儿，也都在阿克拜尔的带动下使劲儿背书了。最终，这篇课文大家全部完成背诵，一个也没落下。

通过这样的坚持，背书对孩子们来说再也不是一件让人痛苦的事儿了，尤其是这几个足球男孩儿，踢球不再是全部的快乐啦，他们也在背诵一篇篇的课文中得到快乐，在试卷上答对了某一道题目时感到快乐。

有一次，我问马迪赛："老师这样对你们，你们生我气不？"他回答："老师，您是为我们好，我们怎么会生气呢？"

后来，我收到了这样的小纸条：

尊敬的姐姐，您好，我想对您说，我会好好学习，天天向上，以后报答您！

——阿克拜尔

尊敬的老师，您好，我想对您说我的心里话：在我的心中您是位伟大的老师，您也是我的妈妈，我以后好好学习，天天向上，努力学习，长大了，找个好工作，照顾您。

——您的学生卡地尔

又一次泪目。这些纸条，现在我都还珍存着。

好男儿就是要当兵

　　也许是我从小就有个绿军装的梦想吧，上学的时候，每次军训我都特别认真，大学军训那年，教官让我们站军姿，训练场地在学校第二饭堂门口，广东的九月炎热难耐，可我却站得极为认真、标准，累得汗水顺着头发一滴滴往下流。带我们军训的教官终于看不下去了，走到我旁边悄悄地说："休息会儿，别站这么认真。"教官还把我单独拉出来给大家做示范，赢得了大家的一片掌声。

　　别看我没当兵，可平时我家里盖的被子都是特意让妈妈准备的军旅被，每天起床，我把它叠得四四方方；走路、站、坐姿势，我都像个士兵一样挺拔。

到军营去学叠被子

正是由于有这样的情结，我带班的理念是实行"军事化"管理，从学生的站、坐、走路的姿势，到队列、纪律我都要管，而且要求很严格。有时候在学校里看见有的学生走路大摇大摆，我就看不下去，三步并作两步走上前，把他揪到跟前，给他做示范，让他端端正正走一遍，一遍不行走两遍，直到走好为止。为此，刘老师落了个爱管闲事儿的"坏名声"。

可我发现，每当我这样严格要求我们班里的孩子们时，他们从不抱怨，而是特别认真地执行。当我们班整齐有气势的队伍出现在校园里，井然有序地行进时，其他班的学生都会羡慕地看着我们。这时候，咱们的小家伙们总会有那么些小小的荣耀感。于是，我常把班上的学生带到红其拉甫边防检查站去参观，让班里的同学真实地体验部队生活，进行爱国主义教育。我们学叠被子，参观荣誉室，看大棚里整齐的高原蔬菜；教官给我们训练队列，我们也给军营中的兵叔叔们赠送绘画作品，给他们敬献红领巾……我们还与兵叔叔们进行拔河比赛。我们哪里能是对手？有一次，在一番激战后，好心的兵叔叔们还让我们赢得了比赛。

自从开展这样的活动以后，班里同学的仪容基本不用我费心了，他们上课会自觉坐得笔直，队伍总是站得整整齐齐，行进起来英姿飒爽，口号嘹亮，反正一看就给人不一样的感觉。尤其是亚森江，每次从军营回来，好几天他都乖得不得了。

我常常带班里的同学开展这样的活动，至少一学期安排一次，后来八一建军节，我们就可以到部队送演出了，兵叔叔们也会带着队伍到学校来看我们，陪我们开展读书活动，为我们献爱心。班上的许多男孩子与军营的兵叔叔们成为"好朋友"，许多男生也从此树立了当兵的志向和梦想。

我双手赞成，好男儿就是要当兵嘛！

打架事件

　　我们一班是个团结的班集体，入学那天我就告诉同学们要像兄弟姐妹一样对待彼此，同学们听得很认真。在我上中学的时候，我的班主任也说过这样的话，那时候我觉得班集体是个特别温暖的地方，所以，我也希望我的班集体里同学们相互爱护、相互帮助，希望我们一班能成为一个团结的班集体。

　　一般初中的男生都偶尔会故意跟女生吵吵嘴、拉拉女生头发、扔个作业本、找点小事儿来取乐子等，但是在我们班男生绝不会这样做，别班的同学如果欺负我们班的任何同学，班里的男子汉们都会挺身而出，"群起而攻之"。在学校参加劳动时，班里的男子汉们总是抢着干脏活、重活、累活，植树时、换教室时、铲雪时……从不让女生们出力，女生们简直是被"宠上天"了。要是有高年级的同学欺负我们班的男子汉们，女生们就会焦急地来向我报告，我会火速抵达现场，处理办法往往是先"各打三十大板"，懂事的这事儿就算过去了，大家握手言和；不懂事儿的，我就狠狠地在其班主任面前告一状，要求一定严肃处理，否则这事儿没完。刘老师有时候还真是"不讲理""不好惹"，好在我印象中很少发生这样的事儿。

班里同学之间从来不会以谁在乡里长大、谁是农牧民的娃、谁在县城长大、谁住校、谁走读、谁父母做生意、谁父母是国家干部来区分彼此，他们完全没有这样的概念。住校生洗不干净校服，走读的孩子就主动把住校生的校服带回家里帮助清洗晾晒，周一再带回来给住校生穿。而住校生则每天不论是否排到自己值日，都会在晚自习时把教室打扫干净，过节放假从家里返回学校时，也会带好吃的回来和同学们一起分享——尽管过节的时候每家每户的美食都差不多，但他们仍然乐此不疲。这也是他们彼此的一片心意。

可就是在这样一个和睦团结的班集体中，还是发生了唯一一次打架事件。打架的两位当事人是热曼夏、吐尔洪江两个男孩儿。

吐尔洪江年龄大一点，在班里总扮演着大哥这类严肃的角色，他还爱看书，经常帮着管理班里的各种事务，给教室门换玻璃、修理螺丝松动的桌椅，还管班里的纪律，劳动的时候带着大家干活，大家都很尊重他。他也是我的好助手。吐尔洪江曾经跟我说过一个小秘密："小刘姐姐，我的好老师，我今年18岁了，成了一名小伙子了，可我还在这里上初中，我太不像话了，别人18岁都干大事了，可我却在这里发呆，难道我笨么？我很不想说话，我有太多话想说却说不出来。俗话说，懒人急在嘴上，勤人急在腿上，我就想当这样的勤快人。我不想做无名之辈，我想做一个有用的人。"我从来不觉得吐尔洪江笨，虽然说话表达不够流利，可他心地善良，成熟懂事，是个贴心的孩子。

热曼夏是个来自达布达尔乡的孩子，他喜欢画画，是班里的美术特长生，也是个特别自信的男孩儿，走路从来都是挺起胸膛，昂着头，不急不缓地踱着步子，一点儿也看不出是乡里长大的孩子。他对待同学很随和，但在我面前却很害羞。他还有个弟弟在县小学上四年级，因此周五不能参加大扫除，每次他会很不好意思地来向我请假，说要到小学接弟弟一起回家。如果不回家的话也要去小学看弟弟，带弟弟去洗澡。这种时候，热曼夏会来向我借自行车，我就慷慨地交给他车钥匙，交代他一定要注意安全，别忘了给弟弟买点水果。有时我问他有没有钱，塞给他几十块，但他从来没要过，总是说："老师，放心吧，我有钱呢！"

有一天自习课，吐尔洪江像往常一样在班里管纪律，热曼夏不知道遇到了什么不开心的事儿，借着火气顶撞了起来，于是两人你一言我一语吵起来，热曼夏没忍住脾气，动手给了吐尔洪江一拳，可能是昏了脑袋，下手没轻重，吐尔洪江的眼睛霎时肿了，充满了血丝。吐尔洪江毕竟是当哥的，压着火没还手。同学们赶紧把他们拉开，慌慌张张来向我报告情况，我赶忙到教室一看，只见热曼夏气呼呼地坐在位置上，吐尔洪江也在自己座位上一言不发。我一见吐尔洪江乌青的眼眶，真是心疼又生气，冲着热曼夏咆哮了一句"下手这么狠"，就赶紧带吐尔洪江到医院。

热曼夏这时候才意识到了事情的严重性，懊悔地低下了头。好在吐尔洪江眼睛没有问题，只是充血、眼眶瘀青了，得休养几天。

我特别难受，心想着该怎么去向家长交代。家长会不会因生气而冲到学校把热曼夏教训一顿？在我上高中的时候，学校就发生过因学生打架闹矛盾，家长冲到学校闹事打学生的事件……不敢想象，如果真的发生了那样的事儿，我得保护好热曼夏。怎么办才好呢？这一念头一闪现，就担心得我寝食难安，赶紧又把热曼夏叫来，苦口婆心教育了一番。热曼夏已经对自己的不理智行为感到后悔了，经过一番教育，决定下午放学时带着班上几个同学一起到吐尔洪江家去道歉，并且赔偿医疗费。我又去买了箱牛奶和水果让热曼夏拎上。

一行人到吐尔洪江家里时，他正一个人在家清理炉子里的炉灰，热曼夏见状赶紧走上去抢着收拾了起来。吐尔洪江惊讶地说："老师，你们怎么来了？过几天好点了我就到学校来。"我问吐尔洪江："很疼吧？"说着就哽咽了，好像疼在了我自己身上般难受。

吐尔洪江非常懂事坚强，他笑着哄我们说："没事儿，老师，就一点点儿疼，医生也给我拿了药，吃了就好了。"几句话驱散了凝重的气氛。我说："家长不在家么？他们有没有生气？"吐尔洪江说："我爸爸出去工作了，他还批评我了，说打架本身就不对，要讲道理，既然受伤了就要自己承受，到时候回去跟同学道个歉。"我不由感叹，是我以小人之心度君子之腹了，这位家长如此慈爱宽厚，这样明事理、大度，真令人佩服。

收拾完卫生的热曼夏扭扭捏捏走到吐尔洪江旁边，低垂着头搓着手。我又把热曼夏劈头盖脸狠狠骂了一通，吐尔洪江在旁边拉了拉我的衣袖，说："算了，算了，老师您别说他了。"

热曼夏红着眼圈说："对不起，我错了，可以原谅我么？"只见吐尔洪江向热曼夏伸出手说："没关系。"就这样，两个人手握在一起，人也抱在一起，和好了。

在之后的日子里，这两个人再也没有闹过不愉快了，而且每每吐尔洪江在班里说什么，热曼夏一定会是最听话最积极响应的那一个。打架事件在班里再也没有出现过。

初三下学期，热曼夏要到河北张家口的一所艺术学校继续学习了。他临走时，班里同学都舍不得，全班同学给他送行。当时气氛很凝重，没想到他却站在讲台上用调侃的口气对同学们说："你们要好好学习，按时背课文，按时写作业，不要惹老师生气！"大家都被逗笑了。

打架是男生们成长过程中不可避免的小插曲，有时候不打不相识。只要认识到错误，及时低头，特别是若有一个人能够率先宽容或原谅，就能化干戈为玉帛。希望这两个男孩儿早日成长为对社会有用的人！

柯尔克孜族姑娘

柯尔克孜族是中国大地上五十六个民族中的一个，人口主要分布在新疆这片广袤的大地上，在塔县的柯克亚柯尔克孜民族乡就主要居住着柯尔克孜族人，我们班上的阿勤丁洽西就是来自这个乡。

帕米尔高原上的柯尔克孜族以鹿为图腾，也是能歌善舞的民族。他们有一种名叫"库姆孜"的弦乐器，翻译过来意思是"美丽的乐器"。这种乐器的琴身是椭圆形的，有一根细细长长的琴颈，像个长长的鸭梨，发出的声音十分悦耳动听。柯尔克孜族舞蹈也非常优美，舞蹈动作反映了真实的柯尔克孜族人生活场景，例如骑马、扬鞭、纺线、挤奶，其最大的特点就是节奏欢快，热情奔放，风趣幽默，极具感染力，往往使你一听到一见到就忍不住跟着节奏跳起来了。塔县有个保留节目名叫《我的库姆孜》，就是一个非常具有柯尔克孜族风情的节目。

柯尔克孜族的传统服饰也非常有特色，男性身着长袍、头戴白毡帽，帽子上面用金线、银线或者黑线绣着羚羊角状的花纹，据当地人说，帽子的白色主体象征雪山和毡房，黑色边缘代表了绿色的草原；女性头戴花帽，花帽顶上有漂亮的动物羽毛。最好看的是柯尔克孜族女孩儿的裙子，一层一层的就像娇艳的花瓣，尤其是在草原上跳舞的时候，那场景如同一朵朵美丽的花儿在风中起舞。

阿勤丁洽西就是一个典型的能歌善舞的柯尔克孜族女孩儿，她喜欢大家喊她"海豚"，我想是因为她喜欢海豚这样聪明友善的动物吧。她很懂事，总是跟别人很亲近，脸上永远挂着笑容，就像柯尔克孜族的舞蹈和音乐那样，永远充满着欢乐和热情。每次演出，阿勤丁洽西的柯尔克孜族舞蹈都是必演节目，总能给大家带来欢乐，并把现场气氛推向高潮，我还跟着她学了柯尔克孜族舞蹈骑马、扬鞭的几个动作呢。

阿勤丁洽西的父母非常重视孩子们的教育，很早就为了孩子上学而放弃草原上惬意的生活，特意搬到县城，在小学对面开了个小商店，一边赚钱养家，一边照顾孩子学习。她的妈妈虽然清瘦，但腰身笔直，一看就是一位能干精明的主妇。她的哥哥姐姐都被培养得特别好，上了高中和大学，毕业后一个在县城当医生，一个在社区工作。这位了不起的妈妈对阿勤丁洽西的学习也十分重视。每次家长会，她到校后都会一本一本，认真严肃地翻看女儿的作业。她还会慷慨激昂地发言。家长会结束，她一定要等所有家长都散去之后，特意留下来与我交谈一番。虽然阿勤丁洽西成绩不是特别好，但却一直在进步，她的妈妈为此十分高兴，对我非常满意，几次邀请我去家里做客，但由于很多原因我一直没去成，她竟然有点生气。她真是我见过的学生家长中最配合教师工作、最实在、非常了不起的一位好妈妈。初三家长会，经过评选，我把校级优秀家长的荣誉颁发给了她。

阿勤丁洽西脸上永远都有一种十分纯净的笑容，像天山的云一样干净，又像天使一样有感染力，好像她的世界里永远不会有忧愁一般。有时候因为学习的事情，我也着急骂她，甚至把她骂得掉眼泪，可她从来不记恨我，第二天又高高兴兴地来学校了。每次路上见到她，她都欢快地跑到我身边。我特别喜欢把胳膊放在她肩上，搂着她，她就拥着我一起朝前走。

初二那年的元旦，我收到了一封信，信是从门缝塞到我宿舍里的。瞧，我总是能获得这样的小惊喜。打开信封一看，是一张贺卡，粉红色的底色，上面印着一束立体的玫瑰花图案，洒着闪闪的金粉，打开贺卡，就响起了贝多芬《致爱丽丝》的旋律。贺卡上写道：

> 亲爱的妈妈，祝您新年快乐，万事如意，工作顺利。
>
> ——您的学生阿勒丁洽西 初二（1）班

看着这个简单且不算时尚的贺卡，我像得到了宝贝一般，捧在手里，小心地打开了一次又一次，看了一遍又一遍。这是第一次有学生称呼我为——妈妈，我被深深地感动了。其实我的年龄比班里学生大不了太多，做老师没问题，做姐姐可以，做妈妈合适么？但是学生能够这样称呼我，我感到太幸福了。

阿勒丁洽西这个柯尔克孜族小姑娘，我会永远记得她教我跳的那段欢快的柯尔克孜族舞蹈，永远记得她带给我的欢乐和她的笑脸，也会永远珍存她送我的那张贺卡。

爱笑的女孩儿运气不会差

亲爱的蜡烛姑娘：

您好啊！

在我心中出现了一支蜡烛，她的光像我妈妈发出的光亮，她的坚强像我的爸爸一样，而且这是我印象中最深刻的、永不灭的光，这就是我们的班主任老师刘老师。亲爱的老师，好久没有和您谈心事了，现在想起来，心里酸酸的。老师，班上很多事情也许我很主动，也许是我很爱管闲事，我也不知道我为什么这样，可能这是我最大的缺点吧。老师，我觉得有时候您不能理解我，但是老师您知道吗？我很在乎您，我

很想您呢，即使您在我身旁，我也想您，我想跟您谈
谈心，老师，我是真的很喜欢您，老师我很爱您……
　　猜猜我是谁？

　　又是一张从我宿舍门框底下塞进来的纸条，白色的横格纸上爬着紫色的字体，上面画着许多可爱的表情符号，许多的感叹号，没有落款，让我猜猜她是谁。看到这古灵精怪的表达，她的名字一下子就跳到了我的脑海。真是见字如面，字里行间流露出的正是这孩子真实的个性。

　　这就是胡尔西达，她是一个漂亮的维吾尔族女孩儿，最醒目的是她脸上那一对深深的酒窝和湖水般明亮的大眼睛。她的脸上还带着些许"婴儿肥"，但总是挂着甜甜的笑容。

　　迎新生那天，她走到我的面前礼貌地说："老师，我来报名，老师我可不可以问您一个问题？请问您是什么民族的？" 我已经不是第一次遇到学生问我这样的问题了，我很干脆地回答："汉族。" 她睁大了眼睛疑惑地说："老师我不信，您肯定不是汉族，您长得一点儿也不像汉族人，刚才我还和那边同学打赌说您一定是少数民族的。"

　　关于我的外貌，学生们产生疑惑和猜测情有可原。很小的时候就有人管我叫"小老外"，上了学，更有一些同学给我起外号，喊我"大鼻子"。这曾经让我很受伤，可我发现到了新疆我的样貌看上去就不那么奇怪了，我好像长得跟这

刘老师穿上塔吉克族民族服装与胡尔西达的合影

些少数民族同胞们有点儿像？

　　胡尔西达是个非常有责任心的女孩儿，是我的小助手。迎新报到后她就一直跟在我身边，我在校门口登记，她就把来报名的新同学领回教室、安排位置、组织同学安静地坐在教室里，跑上跑下、跑前跑后地忙活着，对每一个同学都热情得不得了。那一刻我就想，也许一班已经有了做班长的最佳人选了。

　　班级成立后的第一件事儿就是要选班长，在还不了解学生的情况下，我让大家毛遂自荐，结果没有任何人举手，班里静悄悄的。我说了几句鼓励的话，这时候胡尔西达主动站了起来。她红着脸笑着说："老师，我想做班长，在小学我就有做班长的经验，我一定能当好。"这个要强的女孩儿的话，正合我意，同学们也都表示支持，没有异议。班长就这样选出来了。

　　事实证明这个班长我没有看错，她十分具有组织者和领导者的能力，把班里的纪律、卫生……大小事儿打理得井井有条，同学们也都佩服这个班长。就说几件小事吧，胡尔西达是走读生，家离学校有段距离，我们班教室门的钥匙有三把，我一把，班长一把，住宿生那里一把，可胡尔西达往往是最早来教室开门的一个；组织同学打扫完卫生区，她就会带着班里同学到操场跑一圈，还在宿舍的我都能听到他们整齐的步伐和嘹亮的口号声，在早读课能准时听到他们琅琅的书声；班里出现了小问题，她就组织班委先商量，然后再告诉我。这个有能力的女孩儿让我特别放心，我让她大胆锻炼，但心思还是要放在学习上，告诉她班长要想让大家都服气，那得各个方面都要棒。胡尔西达很听话、很努力，成绩一直在班里排在前列。

有时候，她也会犯一点小错，女孩子爱美嘛，她会跟班里其他女生一样涂个指甲油，或者吃个小商店里的小零食，我基本不在班里批评她，而是把她叫到办公室单独说上几句，她很懂事，一说就明白。

有一次，有位老师跑到我跟前神神秘秘地跟我说："你们班有个同学是不是跟初三的一个男同学谈恋爱了？我看到他们放学一起走呢。"我说："不应该啊，你说的是哪个女生？"那位老师说："胡尔西达。"还是得向这位好心的老师表示感谢。可我自然是不信的，况且自从有了这个班，看到我与学生亲密无间，总有些人心里不舒服，会攻击一下我们班的学生，以此证明我管得并不那么好。

为了对胡尔西达负责，我还是找到她了解了一下情况，胡尔西达表示冤枉，说那是她家楼上的邻居，彼此间还有亲戚关系。我还是不放心，决定家访一次观察情况，那天中午放学后到她家里走了趟，才发现他们两家人确实关系好，看来我的担忧多余了。

初二下学期开学那天，胡尔西达一直没来上学，我纳闷儿，这不应该啊，难道生病了？正在疑惑着，胡尔西达的父亲走到教室门口，找到我说："因为胡尔西达户口不在塔县，我们给她办理了转学，胡尔西达不愿意，在家里哭了好几天。我知道您对她好，我们也很感谢您。"我难过极了，我根本听不进去他说的话，我不能接受任何一个同学以这种方式离开，何况是这么优秀的我的班长？我竟然幼稚地哭着对家长说："你把她的户口迁到塔县来吧，你赶快想办法，我不想让她走。"家长反倒跟我解释、安慰起我来了。这就是我们的别离，没有说一声再见。之后还有几个同学因户口问题转学了。

我与胡尔西达一家人保持着非常好的关系，她的妈妈每次见到我都要激动地哭上一鼻子。

胡尔西达初中毕业后，没有继续念高中，而是到喀什职业学校读了师范专业，其实以她的成绩上高中是非常轻松的，一定是有不得已的原因。我到喀什的学校去看她，远远地就看见她在大门口甜蜜地笑，深深的酒窝、大大的眼睛，就像第一次见她时一样惹人爱。我们紧拥在一起不愿放手，她高兴地带我参观了她的教室、宿舍，然后一起吃午饭，还特意带我到"小灶"窗口，告诉我这是老师们打饭的窗口，菜会更好吃一点。我本想让她尽情点自己想吃的菜，我来付钱，可她倔强地抢先刷了饭卡。她说："您已经帮了我那么多了，您对我那么好，我怎么能让您付钱呢？"那天中午，我们吃了大盘鸡、炒牛肚、西红柿炒蛋。她开心地不停说说笑笑，骄傲地告诉我她参加学校的民族团结主题演讲比赛，因为讲了《我的班主任老师》得了全校第一名，还代表学校到地区参加比赛拿了三等奖。

这时有个学校教官走过来，胡尔西达热情礼貌地跟教官问好，然后自豪地介绍我说："这就是我初中的班主任刘老师，怎么样，很漂亮吧？"我赶紧起身向教官问好，教官跟我说："胡尔西达很优秀，表现很好，她经常向我们说起您，我们很早就听她说过您啦……"临走时我塞给胡尔西达两百块钱，嘱咐让她充在饭卡里。

如今胡尔西达中专师范就快毕业了，这半年正在实习。如果可以，刘老师希望她能继续上学，不论生活怎样曲折，爱笑的女孩儿运气都不会差。

卡地尔眼中的刘老师

　　卡地尔是一个深沉、腼腆的足球男孩儿。五官立体，个子高高的，绝对称得上是英俊潇洒的小伙儿。

　　从初一入学起，他就不爱说话，一般也不跟班上的同学打打闹闹，总是一副成熟的模样。但是他对足球运动极其热爱，在球场上他是球队的灵魂和领袖，他指挥着同学怎么进攻、如何防守。赢了球，他高兴地冲你害羞地笑，晒得黝黑的脸上，一咧嘴，露出洁白的牙齿；输了球他会不服气，倔强地咬着嘴唇，默不作声地流泪。我印象中除了问好，他很少主动跟我说什么话，但有一次在他的作文里，我认识了他眼中的刘老师。

　　我的班主任是位女老师，她的个子很高，有点瘦，不过很好看。她的头发很长，有时候会在风中飘起来，那场景真是美丽极了。她还有一双明亮的大眼睛，更厉害的是她有一张能说会道的嘴巴，说起话来真让人佩服。

　　最重要的是她有一颗一般人都很难有的爱心，她人可善良了。

　　她是位音乐老师，唱起歌来声音美丽动人，她能用那声音把我们带到歌的世界里去。平时，她教我们很多，不仅只教课内知识，也教给我们课外知识，还教我们怎么做一个有礼貌的人。总之，我这个老师优点太多了，多得我都说不完。最后，很感谢我这位老师，三年来对我的关心。

卡地尔
2017年5月27日

　　这是卡地尔写给我的，我从来不知道自己在这个腼腆的男孩儿心里是这样的形象，看到这些文字，我感觉真幸福。

　　让我再次感到意外的是，卡地尔毕业后没有选择上体校继续踢足球，也没上高中，而是选择到乌鲁木齐民俗艺术学院学习音乐。现在的他能流利地弹奏《土耳其进行曲》，希望他在音乐的世界中也如在绿茵场上一样，纵横驰骋、旗开得胜……

我的"古丽"们

　　"古丽"的汉语意思是"美丽的花朵",很多新疆的女孩子会取这样的名字。我们班就有好多"古丽":古丽巴然、古丽夏尼、古丽曼尼克、古丽献、其尼古丽、海热古丽,我不能一一翻译出她们名字的意思,就把她们解释为高原上特有的格桑花、雪莲花、报春花,还有美丽花仙子吧,顺便也想给自己取个带"古丽"的名字。苦苦思考后决定叫——"刘古丽",还算顺口。哈哈,刘老师多没创意。

　　接下来就聊聊我与"古丽"们的故事。

　　古丽夏尼来自达布达尔乡。那是一个繁华的小乡镇,土地平坦,风景迷人,海拔比县城高一些,这里出产高原玛

笔者和"古丽"们的欢乐时光

卡、雪菊，品质非常好，据说还有"祖母绿"这种名贵的
宝石。

　　古丽夏尼最初来班上时非常怕我，总是对我敬而远之。
她长得漂亮甜美、身材纤瘦高挑，但不像班上其他女孩儿一
样跟着我学唱歌跳舞，而是要求去学体育。平时她跟木拉克
要好，两人都学体育，能做个伴，我尊重她的选择。

　　印象深刻的一件事儿是有个周五，下午学校放学后，许
多住校的同学都要回家，古丽夏尼来到我办公室签请假条后
踌躇着不离开，像是有什么话欲言又止。我看她为难的样子
就主动问："你怎么了，有什么事儿？"她说："老师，我

没有钱回家了，可不可以借我？"我当什么事儿呢，掏出50块钱给她，她不肯拿，说："老师，不用那么多，车费15块就够了，我星期一上学的时候一定还给您。"于是我硬塞给她20块钱说："不用还，快回家去吧，一定注意安全，找正规车辆，可不能坐黑车，到家了给我打个电话说一声，发个短信也行。"古丽夏尼连声道谢后，就回家了。

周一那天，古丽夏尼来到办公室，说："老师给您钱，这是向您借的，谢谢老师。"说实话我都忘了这事儿了，说："你拿着用吧，身上不能一点钱也没有。""不，老师，我爸爸给我钱了，他还要我把借老师的钱给您还上。"她把钱放在桌上，说着就跑出去了。

其实我对班里几个学体育的女生关注得太少了，当我意识到这个问题后，就开始多拿出一些时间陪伴她们。慢慢地，古丽夏尼不那么怕我了，周末她们不回乡里的时候就主动来宿舍找我。我们一起聊天、一起玩耍，一起到校门口吃些小吃，每次我都怕她吃不饱，会给她们买很多好吃的，吃凉皮儿总要一人再加一个鸡蛋，再买些麻辣串，她们总是喊着："老师，够了，不要了，太多了。"可我总是"眼睛大嘴巴小"，每次都剩下些，我就让她们带回宿舍给其他班同学吃。

有一天，我正给班上同学排练，古丽夏尼和木拉克没去训练而是跑来了舞蹈室。古丽夏尼跟我说："老师，我也想

笔者和"古丽"们同台演出

学跳舞。"说罢便低下头不说话了。木拉克在一旁帮古丽夏尼说："老师，她很早就想跟您说了，但是一直不敢，所以我陪她来了。"我说："哦，木拉克你是不是也想学跳舞，学唱歌？"我调侃的语调把大家都逗笑了，木拉克害羞地否认："老师，我可不会跳舞，我还练我的跑步。"我说："那没人陪你了怎么办？你一个人行么？"木拉克说："老师我行！你就让古丽夏尼学吧，我走啦。"说完就跑了。

　　班里的女孩都围了上来，我当然没意见，张开怀抱欢迎古丽夏尼。她本身就是学唱歌跳舞的好苗子！可我还是交代她一句："如果要学就要坚持，可不能过几天又跟我说回去学体育啦。"她狠狠地点着头。

古丽夏尼真是个用心的孩子，我教过的动作、说过的要点，她都能很快领会、认真完成。我反反复复跟她们强调，表演的时候要微笑，很多时候要我不停去强调，可古丽夏尼不用我说，每次都是笑得最甜、最自然的一个。我常常表扬她，她也成了大家学习的对象。

有一次古丽夏尼跟我说："老师，其实第一次见到您的时候我就很喜欢您，您个子高高的，头发长长的，真好看，我心里真的很想叫您一声姐姐，但我很害怕，怕您会生气，会不理我。但后来您帮了我们那么多，每次都到宿舍陪我们，给我们解决困难，还给我们带水果吃。今天我就叫您一声姐姐吧！"这煽情的小丫头，我当然乐意做姐姐。

古丽夏尼后来到塔县上了高中，她分在了理科班，如今还当上了班长呢！卡依克她们都说古丽夏尼表现特别好，老师们也都说咱们一班出来的同学不一样！

古丽曼尼克是个有双蓝色眼睛的塔吉克族姑娘，头发颜色有点淡淡的棕色，总是扎着精神的马尾，她特别腼腆，多说几句话就要脸红，在班里回答问题时也是十分胆小害羞，往往站起来，还没说话脸先红了。这个可爱得像芭比娃娃的姑娘喜欢跟马依努尔、卡依克几个女生玩在一起，总做她们的小跟班，帮着她们做很多班里的小事情。

别看她话不多，总是怕羞，可不知道为啥，我打心眼儿里喜欢她。

古丽曼尼克是个热心肠的好姑娘，班里住宿生的校服她会带回家洗，教室的窗帘她也会抢着带回家洗；我们一起排练、一起上台表演，朝夕相处，特别融洽。家长会上，古丽曼尼克的爸爸问我："古丽曼尼克在班里表现好不好？"我说："你有个特别棒的女儿！"她爸爸听了，可高兴坏了，而她则挽着爸爸的胳膊，不好意思地笑了。

虽然古丽曼尼克一直话不多，甘于做个"小跟班"，但我十分喜欢她。做一个自信的女孩儿吧！

其尼古丽家在学校后面的村庄，现在这个村庄被打造成了"彩云人家"，是一个有浓厚塔吉克族民风民俗的必看景点。

其尼古丽勤劳、利索、善良、有责任心，总是把自己打扮得精神、板正，选班干部那天她主动要求当了劳动委员。每天早晨她总是早早地来学校打扫卫生，根本不用我操心。

天冷下来的时候，学校改为冬季时间，午休时间就短了，中午其尼古丽常常迟到，更别说带着大家打扫卫生了，我批评了她几次，每次她都低着头不说话，但迟到现象并没有改善，经常是上课铃刚刚打响她才气喘吁吁跑进教室，我为此感到很不满，便把她叫到办公室教育一番，我说："你家不就在学校后面的村子么？这么两步路还整天迟到，以前的那个你呢？"她说："老师，我……"话到嘴边又咽下去，承认了错误便一言不发了。

后来，班里有个细心的女同学对我说："老师，其实其尼古丽家住得挺远的，她不是故意迟到的。"我半信半疑，决定去一探虚实。第二天我提出要跟其尼古丽回家去看看，其尼古丽非常高兴，中午一放学，路过学校旁边的菜巴扎，我买了个柚子，尽管其尼古丽一再不让我花钱。我们一路往她家走着，"望山跑死马"。走到村头，我问："哪个是你家？"其尼古丽说："那个房子后面。"好，继续往前走。穿过荒芜的农田，经过一户户塔吉克族人家，还有一个个羊圈，我走累了，又问："到了没？"

其尼古丽说："还没有，老师，还要往前走。"我穿着厚厚的衣服，已经出了一身汗，索性敞开了外套，累得也无心看风景了，只是低着头拖着两条越来越沉重的腿朝前走着，也不再问到底有多远。路过棵小树，枯草里有只长着犄角的羊正吃草。这羊儿长得挺好看，我看了它一眼，它竟然"咩"一声叫了，像是在嘲笑我。我们又爬过小坡，再穿过一小片沙棘林，终于，其尼古丽指着不远处一个有蓝色大门的院子叫起来："老师，那个蓝色门的就是了。"

我简直是走得要崩溃了。又走了半个多小时，终于到屋里了，我累得坐在炕上呼哧呼哧直喘气。过了一会儿，终于松口气，才说得出话来。这天其尼古丽的家长并不在家，她赶紧给我准备午饭，煮了奶茶、铺了餐布，还端来了馕，我们的午饭就是奶茶就馕饼（这里很多家庭最常见的餐食就是奶茶配馕或者酸奶配馕）。

刚吃完，收拾了茶碗，其尼古丽就说："老师，我们该走了，不然又会迟到了。"我一看表，哎呀，可不么，起身赶紧往回走。这一路上我心里一直感到愧疚，想起以前为迟到的事批评她，心里一阵阵懊悔。等我们赶到了学校门口，预备铃正好"叮——"响了起来。

整个下午我一直闷在办公室里，心想这夏天还好，冬天天这么冷，中午也还好，可是早上上学，路上又冷又黑，晚上到家天也黑了，路上还有野狗，多吓人，要换了我还不得天天让爸爸妈妈接送了才肯上下学？哎，我是个"没人情味儿的坏老师"，我为自己未深究原因的批评和过去的不知情自责。

第八节课我开了个临时班会，换下其尼古丽劳动委员的职务，让她做生活委员，换卡依克担任劳动委员；同时建议家距离学校远的同学尽量结伴上下学。然而其尼古丽并没因此卸下对班级的责任，依旧每天与卡依克一起管理班级卫生，每周大扫除时往往都是积极主动带领同学打扫教室和卫生区。自那以后，每天一放学，我就催促她赶紧回家，别在路上晃悠。

其尼古丽与艾米达是同学、好朋友，艾米达会在假期打工赚点钱，贴补家用。我非常反对她这么做，为此我常常会送艾米达一些衣服，给她家的妹妹们送一些图书，还会给她家送些米面之类的。但我忽略了其尼古丽，这导致其尼古丽有些"吃醋"，两个孩子之间发生了不愉快，我看出她们之间发生了小矛盾，就找到其尼古丽跟她说："我不是看她家更需要一些么？并不是不关心你，不是不喜欢你。"其尼古丽很懂事，一点就通了，说："老师您对我也很好，放心吧，我们没事儿。"打那以后，她们一直是好伙伴、好同学，她们会买一模一样的衣服穿，是我身边的一对姐妹花。

海热古丽是初三中考前几个月从喀什转到我班上的，成绩好，喜欢看书，字儿也写得漂亮，当然是字如其人。虽然相识有点儿晚，但在这群学生即将结束初中时代的时候，海热古丽与我们大家一起迎来了中考，留下了难忘美好的小时光。我不会忘记这朵"古丽"，而当我到深塔中学看望班里的学生时，她也总是高高兴兴向我奔来的那一个。

我们班的"古丽"们不仅漂亮，而且善良，真像一朵朵清新、质朴又美丽的高原之花！

加油，木拉克

　　木拉克是一个来自达布达尔乡的女孩儿，有着大大的眼睛，长长的睫毛，粗粗的眉毛，晒得黑黑的脸庞，短发，有点"假小子"的样子。她不像班里其他喜欢唱歌跳舞的女生一样甜美，但也绝对是漂亮的。

　　分专业的时候，我问她想学什么，她说："老师，我学体育。"我问她："女孩儿学体育，会很苦的，你行吗？"她回答说："老师，我行！"

　　和足球男孩儿们一样的问题，木拉克学习成绩不理想。有的时候我会在班里让他们听写学过的词语，她竟然一个也写不对，背古诗半天都背不出，我着急，发火，气得批评她："你带脑子来没有？是不是把脑子留在达布达尔了？……你脑子里装了什么？"她卑微地低下头，不说一句话。下班回到宿舍，我发现了门框底下塞进来一张纸，这是一封带着许多错别字的信："老师我错了，对不起，我不该惹您生气，我以后努力学习，请您原谅我。——木拉克"

看着这封信，我感觉很羞愧。原来木拉克是个这么细心的女孩儿呀，她很在乎你的感受，生怕你会生气，希望得到你的关注，她每天都积极地表现着：每天早早到学校来打开教室的门，主动打扫卫生；同学上台演出，她就帮上台的女孩儿们在后台换服装、看着东西；运动会上她拼命地奔跑、想要为班级拿个第一……

想到这些，我的心绞痛起来：我是一个多么坏的老师，没耐心、缺少爱心。怎么能对一个孩子说出这么恶毒的话呢？这会给她造成多大的伤害，带来多大的心理阴影？难道你忘了小时候你自己倒背不出乘法口诀表时老师打骂你的情景了？

我意识到，平时自己带艺术生，大多数时间都在关注那些有艺术特长的女孩儿，对木拉克这个女孩儿的关心、关注实在是太少了。真是不公平。

我反思，应该要更多地关注班上那几个默默无闻的女生。自那以后，周末我会陪几个住校不回家的女生到草滩散步；或者一起在学校门口吃个凉皮儿，每人再来瓶娃哈哈

AD钙奶什么的……总之，我们做师生，也做伙伴，在学习上我要尽可能地多帮助她们，让她们能多学一点是一点。对木拉克，我鼓励她好好训练，将来争取考上体校。也许正是因为这样微不足道的陪伴，慢慢地我发现她们与我越来越亲近了。

能吃苦的女孩儿木拉克，终于在喀什地区的中学生长跑比赛中拿奖了！中考后，她顺利地考上了喀什地区体育运动学校。我到学校去看她，她高兴地从人群中冲出来抱着我说："老师，我想您了。"木拉克还给我看了个小视频，是她们学校的合唱比赛，她就是担任合唱指挥的那一个，站得挺拔、动作潇洒。她告诉我，她现在当班长啦！

2019年暑假，她没有回家乡，而是在喀什的学校进行紧张的训练，准备参加自治区的长跑比赛。我真为她骄傲！

加油，木拉克！

马依努尔

马依努尔，老师和同学们都叫她"小刘老师"，她不仅仅与我外形长得有点相似，而且脾气性格简直与我一模一样。

先来说说我对马依努尔的最初印象吧。

迎新那天，我坐在教室门口迎接新生报到，有两个女孩儿手拉着手来到我面前报名，其中一个身穿蓝色抓绒外套、黑色运动裤，高高的马尾辫随意扎在脑后，浓眉大眼，睫毛又长又翘，皮肤白白的……典型的塔吉克族女孩儿样貌。她很有礼貌地向我问好，大大方方的样子，微微一笑还露出颗小虎牙，挺可爱的，第一时间我就喜欢上这个塔吉克族女孩儿了，当然热烈欢迎她到我们班来。我让她们先在一旁等，待会儿就带她们进教室。

这时候一旁的同事跟我说："刘老师，刚才那个同学跟你长得好像啊。"我当是开玩笑，没往心里去。

再来看看马依努尔对我的第一印象吧，她在作文里是这样描写的：

> 入学那天我走进了学校大门。看到有好多老师在校门口，每个老师的跟前摆放着一张长条课桌，课桌上摆着登记表和笔，有张课桌上却摆了个小展板，上面画着一个微笑的少年，五彩缤纷的花朵，展板上面还挂着气球，写着几个大字：欢迎新同学。
>
> 我观察了桌前的每一位老师，迷茫着不知道该去哪位老师那里报名，正当我犹豫不决，和同学们坐在校内道路右侧的小树下闲聊时，有一位老师吸引了我的目光。只见她头发乌黑，头上戴着一顶迷彩遮阳帽，个子又高又苗条，鼻梁高高的、五官立体，穿着既时尚也很简朴，蓝色牛仔服，浅黄色马甲，下身是左侧口袋下面有一个大嘴猴的黑色休闲裤，还有一双酷酷的系带马丁靴，我超喜欢这样的风格。她的头发披散在肩上，走路特别有气质，头抬得高高的，大大的步伐，可带劲儿了，连长发都随着步伐的节奏随风

飘散着，看起来就像一个女兵一样，不知道的人肯定以为她是退伍的女兵呢。只见她在粘着气球的课桌前坐了下来。

啊？她也是初一的老师？我既兴奋又激动。"我们到这位老师的班里去吧！"我赶紧拉起同学向这位女老师走去，走到她面前又紧张又害羞地说："老师您好，我想进你们班，可以吗？"她抬头看着我，微微一笑。我愣住了，我终于看清楚这位老师的双眼了。她有一双像我们这里的泉水一样又大又清澈的眼睛，眉毛又黑又浓，一对深深的双眼皮，我敢肯定这一定是跟我们一样的少数民族老师。

她很严肃地问我："你有什么特长呢？"

我回过神来，急忙回答说："我会唱歌跳舞。"

她看了看我的户口本、身份证，做好了登记，冲我微笑着说："好，你先到那边坐一会儿，等一下我带你去教室。"

我高兴地到一旁等待，看到她笑嘻嘻地跟周围的老师说一些什么，模模糊糊听到有一位老师说我长得像个小刘老师。我听到了，心里又开心又兴奋，因为在我心里这位老师是女神范儿，假如能被人说长得像她，当然心里美滋滋的。

　　她的笑容很灿烂，特别有爱的感觉，我久久地看
着她笑的样子，因为她的笑容真的很美。

　　与同事聊完后，我带着几个刚来报到的学生到教室去认门，那个穿着蓝色外套的女孩赶紧起身跟在我身后，和同学说着什么，乐乐呵呵地跟我到教室去了。

　　人齐了，大家一一做自我介绍。当这个穿蓝衣有小虎牙的姑娘大方地自我介绍时，我登时记住了她——马依努尔，我和她的故事就这样开始了。在相处的几年中，我发现这是一个有特别多优点的好姑娘！

　　马依努尔是个爱学习的孩子，成绩好，尤其是英语成绩在班里排第一，是实至名归的英语科代表。她勤于思考，回答课堂问题积极，作业完成认真，是个严于律己的好学生。她还是一个爱表现的姑娘，参加班里的各种活动都特别积极，演讲、唱歌、跳舞样样行；那段时间我同时管理学校的广播站，带着几个播音员，就选拔马依努尔担任每周一升旗时的小小主持人，她也完美胜任。她还是个善良的姑娘，她说最希望的事就是老师能好好休息一下，不再为她们操心。

　　马依努尔是个正直的孩子，受家庭教育的影响，她看待事情比班上其他同学要成熟很多，考虑问题也比较周到。她还很懂得感恩，初三那年有一段时间学校要求老师值班，值

班教师中午不能回家吃饭，只能叫附近餐馆送过来或者凑合着胡乱吃几口，我总是在这个时候干脆就省下不吃。善良的马依努尔每次中午来上学，只要看到在学校门口值班的我，总问："老师您吃午饭了没有？"我很轻松地回答她："吃了，放心吧！快去教室吧。"可细心的她看到我气色差，便不相信，等下次放学时看到我又在值班，中午上学她就早早来到学校，给我送饭。有天我正在值班室坐着，同事进来叫我："刘老师，有学生找你。"这个点儿，本以为是住校生想出门买点什么东西，走出门外一看却是马依努尔。她一手拎着个铝壶，一手抱着个用纱巾包成的包袱，笑着对我说："刘老师，我给您送饭来了，还给您烧了奶茶、带了馕，快吃饭吧。"我又惊讶，又感动，心里温暖得不知道说什么好，鼻子又酸了。

给我送完饭马依努尔就到教室去了，我拎着一壶热乎乎的奶茶和包袱里的馕，到值班室慷慨地和老师们一起分享。在场的老师们都感叹着对我说："刘老师，你的学生对你真好。"

"刘老师……"

我捧着咸香的奶茶，咀嚼着馕饼，看着这些老师向我投来羡慕的眼光，别提心里多高兴了。我为有这样一个好学生而骄傲。

马依努尔跟我之间相处密切，每次我要去困难生家里家访，或者陪住校生去散步，只要她知道了，就一定会跟着我一起去。每次排练后，等大家都走了，她会和卡依克留下来等我锁门一起回家。在马依努尔初二下学期生日的时候，我特意做了一顿丰盛的火锅，叫上班里她要好的同学一起给她过生日，看得出那天她特别开心。我们在一起很轻松、愉快，虽然每天都见面，但分别的时候还是难舍难分。

中考这年，马依努尔成绩不错，按照往年的成绩应该是能到奎屯或者喀什二中上学，可我们这一届都要求学生到塔县办的高中上学，马依努尔还是带着希望和梦想，背上行囊出发了。

一天我突然接到她的电话说要见我，在学校门口等我，我很诧异：这时候她不是应该在学校么？怎么跑回来了？慌忙赶到学校门口一看，只见她剪短了头发，又黑又瘦，见到我什么话也没说，抱住我就委屈地哭。不知道这么好的姑娘究竟发生了什么事情，看到她这副模样我很心疼。但我很快冷静下来，劝导和安慰她——"我能理解你，但我不能陪你念书啊，你必须学会独立、坚强，学会克服困难。人的成长不是一帆风顺的，正因为有磕绊、有磨砺，你才能成长得更好啊，马依努尔，别哭，要坚强！"

之后与我联系最多的就是马依努尔。每次回老家我会到图书批发市场给她买作文书、试卷，大老远背回来带给她。一般孩子收到这样的礼物准是内心崩溃的，可我知道这是送给马依努尔最好的礼物。每当过年过节她都会问候我。

我与马依努尔有一种超越师生的情谊，我们像好姐妹一般纯粹和亲密。马依努尔，一个善良、正直、懂感恩的人永远不会吃亏，希望你永远坚守本色！

不抛弃，不放弃
——致我的宝贝儿亚森江

　　其实，你是一个非常懂事、非常善良、非常用心的孩子。老师喜欢听的歌，在班里唱过的歌，你都一一找来聆听；你看到我忙的时候吃不上饭，就从家里带个馕给我，还会暖心窝地再拿个石榴给我吃。我知道，你是一个懂得感恩的孩子。

　　还记得初二上学期，家庭的原因让你变得叛逆，甚至忤逆，你的母亲找到我哭诉。我很震惊。当着你妈妈的面，我第一次动手打了你，你夺门而出，我一把将你拽回来，又是劈头盖脸一顿训斥。我劝回你的母亲，把你带到我的家，给你擦眼泪。倾听完你的委屈，我说："你放心，我一定会照顾你，就像姐姐照顾弟弟，班里的同学也都是兄弟姐妹，我们都会关心你。"

从那以后，我更多地关注你，而你也特别信任我，成了我的"小跟班"，我走到哪儿你跟到哪儿。老远见到我就跑过来帮我推自行车，抢着背我的包，到办公室主动给我倒水喝；看到我为班里的事操心苦闷，你总能旁观者清似的给我出个小主意。班级活动那天，在草滩过集体生日，你主动承担烤肉这份又累又辛苦的工作，服务同学们。当大家都吃饱了，你还不曾尝一下烤肉的滋味儿。每次，我在班里发衣服鞋子，你从没要过，总是让我发给其他更需要的同学。你知道吗？你真的是一个特别优秀、特别善良的好孩子！

可是最近你又不听话了，旷课，不来上学，还学会了抽烟。你的母亲又是眼泪汪汪地跑来找我。这一次我也特别生气，气得我不想再管你了，我觉得我对你已经尽心尽力了，你怎么能这样？

在你周二到校后，我没有正眼看过你一眼。也许是你感觉到这一次我是真的生气，伤心失望了。周四你又没有来学校。下午放学的空当，我去找你，到你家商店门口的时候，看见你正帮着妈妈收拾东西，想让你妈妈早点回家休息。塔县的天挺冷，店里没有暖气，在那里待一天并不容易。你说想帮助你的妈妈，可是你知道么宝贝儿，只有知识才能改变命运啊！

今天是你15周岁的生日，我还是带着班里这么多关心你的同学，来给你过生日。老师并没有抛弃你、放弃你！同学们也都关心你！希望长大一岁，你要真的懂事起来，坚强起来！不放弃自己，好好的，跟着班级同学一起朝前走，我也会陪着你们，直到最后。

一次遥远牧场上的家访

　　家访工作是教师工作的重要组成部分，是一项经常性的工作，县城周边的学生家我基本上都去过了，较远的乡里我没去过，一是因为没有汽车、摩托车这样的交通工具，二是没考驾驶证，走路、租车这些办法又不太靠谱。可为了一个少年，我开始了一次遥远牧场上的家访。

　　塞尔江是我班上的学生，是个阳光的塔吉克族少年，一个朴实的塔合曼乡农牧民的孩子。他个子瘦小，眼睛大大的十分明亮，总是穿着一身洗得发白却干净的衣裳，脚蹬环球牌黑色钉子球鞋，一眼看上去就知道是个特别朴素、老实的孩子。记得在初一入学分班的时候，他找到我，对我笑着露出那排整齐而洁白的牙齿，十分害羞地说："老师好，我喜欢画画，我可以到特长班么？您可以收我么？"我相信缘分，一眼便认准了这个腼腆的孩子，于是毫不犹豫地说："好！跟大家一起到一班的教室吧。"

刚到班上时他的学习成绩并不出众，画画在班上也不是最好的，但他是最努力、最刻苦的那一个。我发现他常常在放学吃完饭后到画室练习画画、背书，当其他男同学都在足球场上疯跑时，他还是独自一人去学习。第八节课我抽查他，让他背《沁园春·雪》，他流利地背完了整首词，我带头给他鼓掌，班上所有的同学都惊讶地看着这个不起眼的同学。这一刻也给班上许多平时不爱学习，总在足球场疯跑的男孩儿带来了不小的震撼，从那天起，他们也都认真对待背书这件事儿了。

一分耕耘，一分收获。塞尔江的努力让他的成绩有了很大的进步，绘画方面的天资也逐渐显露出来，所以我很想跟他的家长见个面，谈谈对孩子的培养和孩子的未来。于是就有了这次执着的家访。

他的家在塔合曼乡雪山脚下一个名叫喀依那尔村的遥远牧场上，爸爸妈妈整天忙着牛羊的事儿，让他们来趟县城恐怕不容易。塞尔江几次邀请我到家里去看看，说他的爸爸妈妈也很想见见老师。因为距离远，我迟迟没有动身，但终于还是决定走一趟。这个孩子真不错，我要去告诉他的家长，让他们知道孩子在学校的表现，重视这个孩子，好好培养这个娃。

在暑假的一个晴朗日子里，我骑着自行车从县城出发了。先是沿着314国道骑到塔合曼乡，这一路30多公里，好在大多是下坡路，所以不费力就到了乡政府；接着又从乡政府门口出发骑行到村里，这一路上穿过青稞田，那些茂密的水草，路上成群结队的牛羊晃悠着，这样的美景，让人心里十分舒服和轻松。我哼着歌加快了骑自行车的速度。

快到村口时，远远望见塞尔江已经在路边等我了，我一个人肯定没办法找到他在牧场上的家。牧场里的路不那么好走，看起来并不是一条完全意义上的路。这是一条由摩托车行驶压出来的小路，土质松软，泥泞难走，有的地方还有积水，估计是雪山融水，因为塔县这个地方极少下雨。在这样的路面上车轮很容易打滑，行驶起来费力多了。但我心情极好，雪山近在咫尺，天空像深海一般湛蓝，立体洁白的云儿，成片的小黄花散落在青草地上，有些牧草的高度竟然比我还高，如果你不曾来过，你根本无法想象这种美。不知骑了多久，终于到达了塞尔江在牧场上的家了，他的爸爸、爷爷热情地跟我握了手，妈妈拥抱了我，还给我一个贴面礼。

塞尔江牧场上的家是一座非常传统的塔吉克族建筑，墙面是泥巴和着牛粪做成的，泥土和牛粪做的房子有冬暖夏凉的好处。屋里墙面上挂着塞尔江爷爷年轻时就用来弹奏的热布普，还有一对鹰笛，看上去透着浓浓的历史感；屋里埋进

风和日丽的家访路上

"kemuqdun" 克木其度尼

牛粪码成整齐的燃料堆

卡特拉玛

地里的木桩是中空的，用来盛放食物，里面装满了奶制品，塞尔江盛了一碗给我喝，可这种古老的饮料酸得过分，我尝了一口，又抿了一口后，无论如何也喝不下第三口，扭曲着五官问："这是什么饮料，这也太酸了？"塞尔江咯咯地笑着说："这是奶啤酒。"院子里还有一个馕坑，旁边摞着一堆牛粪燃料，栅栏上挂着晾晒的衣服。这里的画面是这么的简单、淳朴、自然。

　　在矮炕上坐下来后，我与家长交谈起来。然而交流并

塞尔江为笔者画的像

不顺畅，因为孩子的家长只能听懂简单的汉语，而我也只能说简单的塔吉克语，但家长态度十分认真，往往我说一句，家长就会着急地问塞尔江："honim ik caiz levd？"（老师说了什么？）当学生一一翻译了我的话后，看得出孩子的爸爸、妈妈和爷爷都特别激动，他们认同我对塞尔江的培养，也非常高兴我能来家里。不停地跟我说："baqef am tamaxir tavil kamca waz uq hoterjam sam"（学生交给你，我们很放心）"谢谢、谢谢"。

这时候塞尔江的姐姐做好了名叫"kat la ma"（卡特拉玛）的食物，非要让我尝尝，姐姐说："老师，这么远的路，您过来太辛苦了，您一定要吃。不然我们家人都会不高兴的。"我怕给家长添麻烦，但他们这样质朴热情，实在让人无法拒绝。据说这种名叫卡特拉玛的食物是接待贵宾、重要的客人时才会做的，做法是用面团擀成一张圆圆的大面饼，上面涂上很多牛奶或者奶皮子，然后卷起来盘成圆圆的形状，放进"kemuqdun"（克木期度尼，锅的名字），再把锅拿到院子里盖上，放在点燃的牛粪上方，烤一小时左右，这个飘着浓郁奶香味儿，热乎乎、外壳香脆、面心香甜的"饼"就做熟了。我不爱吃重奶味儿的东西，但还是尝了一点。看我只吃了一点点，淳朴的一家人马上流露出失望的神色，我只好再吃，并不停称赞这个香脆好吃。不过，我还是非常感谢他们一家人能这么热情地招待我。

返程的路，我怀着激动的心情，一鼓作气从牧场骑回了314国道的大路上，可是回县城是上坡路，我实在骑不动了，只好厚着脸皮搭上回县城的顺风车。因为有辆自行车，所以很多车无法载我回去，还好最后遇到一辆运西瓜的小型卡车，驾驶员是位善良的塔吉克族大叔，连人带车把我捎回县城，而且分文不取，又让我一阵感动。这世上还是好人多。

这次家访后塞尔江更加努力了。终于，功夫不负有心人，在塞尔江中考前的日子里，新疆艺术学院高等职业学院的一位美术老师来到雪山脚下的牧场上采风，塞尔江把自己的画拿给那位老师看。就像是命运的安排，这位美术老师一眼看中了塞尔江，中考过后，当同学们都在焦急地等待中考分数时，塞尔江却收到了来自新疆艺术学院高等职业学院的录取通知书。

塞尔江，朝着梦想勇敢地奔跑吧！

抽烟这件事儿

　　初三上学期的一天，班里的几个女生跑到我跟前既神秘又担心地说："老师，我们发现咱们班有几个男同学抽烟了！"

　　我心头一颤，时间过得是真快，这些男孩儿已经到了要学抽烟的年龄了？我不愿意相信，仿佛昨天他们还是小孩儿一样，整天屁颠儿屁颠儿地疯跑疯玩，或者跟在我身边老师长老师短的，怎么眼看着就步入青春期了？平时这些孩子挺乖的，也看不出来是谁抽烟啊。

　　其实学生抽烟这样的问题不是新鲜事儿，许多老师都经历过，就像我在上初中、高中的时候，班里也就有不少男同学抽烟。但记忆中好像没见过班主任在课堂上强调过。这事儿我该怎么管？怎么有效地处理？假装不知道不行，打骂也欠妥，会让这些孩子产生逆反心理，很有可能导致他们跟你对着干，反而更不好收拾了。苦苦寻思了好几天，我终于决定还是要来个逐个击破。

好在，我很快发现班上两个学抽烟的男孩儿是谁了：亚森江和阿卜杜拉。其他男孩儿还都是乖宝宝。这下我就松了口气，可以来个因材施教，精准施策，对症下药。

想想啊，当好这个班主任可真不是个容易的事儿，有时候你得温柔得像天使，有时候又得化身成凶狠的恶魔，还要能够变身成侦察兵，像个得空就跑到教室后门偷看的"事儿妈"，还得是心灵导师、医生、姐姐、妈妈……无数种角色，等着你在其中切换。

阿卜杜拉好办，家就在离学校不远的地方，我可以常去与家长聊聊，开展家校合作嘛，好在阿卜杜拉是个孝顺、懂事、绘画天赋极高的好孩子，我给他分析了抽烟的坏处和学画画考上大学的优势，听我一说，他马上就向我坦白了错误，并且保证再也不抽烟了，央求我不要告诉家长。我信任他，没有去跟家长告状，但偶尔我会突击检查他手指有没有烟味儿，兜里有没有打火机。据我观察，他后来的日子真的没有再抽过烟了。他努力学画画，绘画的功夫突飞猛进，静物素描、临摹人像都相当棒。这样努力下去，怎么会愁上不了大学呢？！

　　亚森江就让我火大了，我觉得对他已经够用心了，竟然还这样，真是不争气，太让我失望了。我赌着一口气，好几天不理他。

　　但冷静下来后，我还是和班里的同学为他悄悄策划了一场生日祝福会。当我带着大家，带着生日蛋糕去给这小伙过生日时，他感动得像个小孩子。

　　后来的日子证明，亚森江本就是个听话的好孩子。

　　抽烟这件事儿就这样过去了。

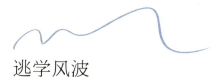

逃学风波

　　初三开学的时候，学校决定要把初三的一个班拆分，把学生分到各个班里，我这个特长班，被校领导盯上了："那个一班人少，让学生到刘老师的那个班去。"我得知情况后当然不同意，向校领导提出抗议："我这是特长班，再说经过两年时间，我们班都稳定了，学生的习惯也定型了。一下子分来这么多人，我怎么管理？这工作怎么做？！"当时真是觉得校领导的决定不可思议。可领导决定的事，我们只有去好好执行的份儿，哪容得愿意不愿意呢？

　　周一的早读课上，我的教室门口跑来了几个学生，一看见我就立正报告说："老师好，我们是X班的，校长说让我们几个到您班上来。"看着这几个无辜的、可怜的，仿佛无家可归的孩子一样的学生，我赶紧安排他们进教室，问："就你们几个么？有没有名单？"学生答："没有，就是让我们来，我们就来了，其他同学去其他班了。"好吧，看来这份学生名单是无处去要了，可孩子是没错的。

　　课间十分钟，我赶紧找到后勤部，安排好新进班学生的课桌椅。下午第三节课，我隆重地向大家介绍了新来的同学，他们是：丽达、百那甫夏、木孜热木夏、艾尼、古丽米热、艾孜买提、迪力江。为了让他们快速融入新班级，我给他们与班上同学混搭着安排了位置，并对原来班上的同学说："能坐在一起就是缘分，现在咱们就是兄弟姐妹，是一家人了！"很快，他们就适应了新班级的学习生活。虽然我在学校的管理是出了名的严格，但他们都反映说："老师，我觉得现在这样特别好，班里同学也都很好。"我知道，这个时候他们已经把自己视作班级中的一员了！

　　有一天，一位同事找到我悄悄地说："刘老师，你是不是把两个学生赶回家了，不让他们进教室？"我蒙了，这事从何说起？我们班学生不都好好地在班里么？我丈二和尚摸不着头脑。同事说："校领导开会骂人了，说乡里有两个学生回家了，家长问为什么不上学，学生说是老师不让他们进教室，所以回去了，家长很生气，告到乡长那里，乡长直接告到教育局，教育局把学校骂了一通。"我问："这跟我有什么关系？"同事答道："领导说，学生是你们班的，还说你有什么权力不让学生进班，骂得可难听了。"

天哪，这不是无中生有的事么。我感觉自己比窦娥还冤枉，赶紧到管教育的校领导那里去询问情况。我说我们班学生都在班里，怎么我不让学生进班了？领导倒是不生气，不紧不慢地对我解释起来，态度还挺好，可更是让我丈二和尚摸不着头脑。一来二去我才搞清楚，原来是X班的学生分到我这个班，但他们早有耳闻我是个特别严厉的班主任，有两个孩子不敢到我这个班来报到，而是跑到其他班去了，周末回了家就没再回来，家长问学生为啥不上学，学生撒谎导致现在这样的风波，领导也没有核查清楚，就随意下了个结论。回想那天，一没给我下通知，二连个学生名单也没给，我怎么知道到底分来几个学生？但细想我也的确有疏忽，那天我应该追在学校领导屁股后头要这份名单，明明白白地搞清楚分班名单就不会出现这样的纰漏了。

既然问题产生了，就要解决问题，学生在家不上学怎么能行呢？我赶紧联系了合热西提、加吾拉尼这两个逃学并给我制造"冤案"的学生的家长，让他们亲自把孩子送到学校来。学生家长很配合，第二天课间操的时候就带着学生从乡里赶到了学校，在操场上见了面。这两个学生都低着头，恨不得要把头埋进衣服里。有位家长个子高大，胸口上佩戴着党徽，能说些汉语，诚恳地把事情经过跟我讲了一遍。我问加吾拉尼："到底怎么回事儿？你跟爸爸解释一下。犯错不可怕，知错就改还是好孩子。男子汉么，要勇敢担当。"

　　这时候，加吾拉尼才向他父亲说了实话："爸爸，我骗了你，老师没有说过不让我们进班，是我们自己不想上学才这样说的。"那位高大的父亲扬起了手，"啪"的一记耳光就甩在了加吾拉尼的脸上。我惊着了，塔吉克族家长一般都很疼爱孩子，不轻易打孩子的，在我看来，他们平时连孩子的学习都很少过问。看来这位家长不一样！

　　这样想着，我赶紧护住孩子说："他知道错就可以了，这么多学生看着，不要打。"家长激动地对我说："对不起，老师，我没想到他骗了我，我是一个护边员，我一直告诉我的孩子要好好学习，党给了我们这么好的条件，我小的时候想读书都没有机会啊，他还有个姐姐学问不高，在家帮我做事，我总是跟加吾拉尼说家里不用他管，一定要好好学习，没想到竟然逃学！还骗我，哎，老师你狠狠地管教他，他在学校不听话了你就打他！"这位父亲眼角含着泪，打孩子的行为虽是太急躁了一点，但这一番肺腑之言又让我感动。我还能说什么呢？今天起，这孩子我管定了！

　　送走了家长，我把加吾拉尼、合热西提领进办公室，问加吾拉尼疼不疼，他吐着舌头，不好意思地说："不疼，老师，对不起。"我说："没事儿，不过你以后可要知道心疼你爸爸，看他为了你多伤心。"这两个家伙也很快就跟着大家融入到我们一班来了。可是他们基础知识缺漏太多，底子实在是太弱，跟着班上同学共同学习太难了，我只好用中午吃完饭的时间在班里给他们教最简单的拼音、加减乘除法，用生活中买东西的例子作为应用题："一公斤苹果15元，一公斤西瓜5元，你买了……一共要花多少钱？"当在黑板上写出正确答案时，他们开心地笑了，我也由衷地为他们感到高兴。渐渐地，他们找到了自信，用他们的方式积极地表现着。

后来我想，现在他们应该了解了，原来新的班主任并不像传说中那样可怕。

艾沙

　　这里的艾沙可不是电影《冰雪奇缘》里的艾莎公主，我们班的艾沙是一个长得特像"贝克汉姆"的男孩儿，是我们班帅气的"艾沙王子"。他眼眸深邃、鼻梁挺拔、浓眉大眼，嘴角和脸上已经长出了黑色的小胡子，看上去给人一种温文尔雅又不失刚强的印象。

　　艾沙是初二那年从喀什转学到我们班的，成绩在班里处于上游。他成熟、阳光，是个有绅士风度的小"暖男"。他的话不像班里几个调皮的男孩儿那样多，性格不温不火，遇到天大的事儿也是背着手，或双手交叉抱着肩膀、慢悠悠、语气平和地与人交流。课堂上回答老师的问题也是这副模样，就算你有雷霆之火，他也对你微微一笑，不紧不慢的语气能把对方心中的怒火消解得无声无息。

艾沙是一个不折不扣的"暖男"。那年塔县地震，县城震感很强烈，又是发生在深夜，床和柜子一直在摇晃，我吓坏了，缩在床角不停地哆嗦。我也很担心住在学校的住宿生，天一亮就匆忙赶到学校。住宿生见到我都忍不住哭了，我也不知道该怎么安慰孩子们，只是抱着她们说："没事儿、没事儿，别怕，有我呢。"

住在县城的同学们也都陆续来到学校了，我们班同学在田径场上聚在一起，就像一家人那样。我教他们唱《祈祷》《明天会更好》，给他们吹陶笛，变着法子尽可能抚慰他们受伤的小心灵。这时候住校生阿提看木哭起来了，原来是因为地震后联系不到家乡的父母而担心、害怕。我赶忙用手机拨打阿提看木家长的电话，试了几次，还是打不通。我也感到焦急，大脑高速运转着想办法，一边还得故作镇定地安慰阿提看木说："别急，我来找人。"

正当我一筹莫展时，艾沙站出来说："老师，您给我爸爸打个电话吧，他在库科西鲁格乡派出所工作，让我爸爸去阿提看木家看一下吧。"我赶紧拨通了艾沙父亲的电话，让艾沙与爸爸讲清楚了阿提看木家的详细地址。接到电话的艾沙爸爸二话没说，马上出发去阿提看木家，很快就给我回了电话："刘老师，你好，那个学生娃娃家没有问题，只是他们家人手机没信号，我让他家人尽快联系你，与孩子通话，你放心吧。我们这里没有什么问题，让那个学生娃娃也别担心了，你们也注意安全。"听到这番话，阿提看木终于破涕为笑了。这下好了，云开雾散。

原来艾沙的父亲也是一个热心人，真是有其父必有其子。

艾沙还比较体贴人。每天放学，我们班排队下楼，我会把他们送到校门外，看着他们离开学校。艾沙不知道什么时候跑出了队伍，到学校的草丛里采了一朵小黄花，送到了我面前，说："送给你。"引得班里的男孩子们都学着艾沙去采朵花送给我。我喝住他们，接过艾沙采的小黄花，嘴上不高兴地说着："艾沙，可要爱护花草树木哦。"可我心里还挺温暖的。艾沙啥也不说，只是傻笑，跟在我旁边开心地向校门口走着。

艾沙在赠给我的毕业纪念册上写着这样一句话："刘老师，我想对您说，您是我最伟大、最美的老师，我喜欢您。"我竟然能有这样温暖、甜蜜的收获。

毕业后艾沙顺利地上了高中，他的梦想是考上警校，以后要成为一名像爸爸一样的警察，我到过深塔中学看望班里的学生，却没有见到过他，才知道艾沙转学到了喀什市的高中读书去了。

这不要紧，艾沙，老师不会忘记你，我们班最帅气、最温暖的大男孩儿。你一定要好好学习、考上梦想中的大学，成为想成为的人。

到那时，老师也要向你敬个礼！

我的学生艾孜买提

艾孜买提，一个有故事的男孩儿。

他是初三上学期因学校分班而被匀到我班上的学生，成绩差，在班里没什么存在感。本来我就对学校分班的事有情绪，加上这孩子经常迟到，很多次在第八节课我要求在班里背诵课文他却跑出去玩，很多次上课捣乱，很多次作业写得像"甲骨文"，或者干脆不写，所以我没少批评他，也没少请家长来学校，甚至想把他从我这个班赶出去。每次批评他，人家自尊心还挺强，仰着头气呼呼的样子。

有一次他又犯错，说实话，我真有种不想管他了的冲动。我请他的家长到学校，要求家长带他转去别的班，我不收了。但没想到他的家长态度特别好，当着我的面训斥他，一直到艾孜买提哭起来。他的阿姨说："从来没有老师找过我们，你能管他我们太感谢了，你严一点管艾孜买提，不听话就打他。"冲家长的这番话、这种态度，我怎么能忍心将他真的赶出去呢？于是把他继续留在了班里。

不久后的期中考试，艾孜买提多门科目分数为0或一位数，总分可想而知。我很无语，他究竟是怎么做到的？字不会写就算了，卷子上那么多选择题，难道他就那么巧合地避开了正确答案么？我不信，我觉得有可能是他故意这么做，想气气我。

思考后，我把他带进办公室，让他把乘法口诀表默写出来给我看。于是就有了那份不可思议的乘法口诀表。看了那份乘法口诀表我差点要揍人，哭笑不得后，我慢声细语地问他："你真不会吗？"没想到他反而害羞起来，低着头揪着衣角，不好意思地笑了答道："不会，老师。"样子还挺可爱。

我说："好，不会我可以教你：一一得一，一二得二……"我发现这样背没用，他记不住，于是我教他用数手指的方法来算，十个手指头不够用了，他反应不过来，总数错，我就让他在纸上画杠杠去数。一节课的时间，他用画杠杠的办法，把乘法口诀表写出来了，全对。我趁机夸他："哎呀，你这不是挺聪明么？这都对了！给你一天时间把这个背出来好不好？"

他摸着脑袋笑了，说："好，老师。"

下午第八节课，我到班里转悠，经过艾孜买提身边的时候，他笑着说："老师我会背了。"我说那好，背给我听听吧，还挺顺溜，一个也没错。在班里当着同学的面，我第一次表扬他，我猜他心里一定乐开了花。

其实我清楚班里还有好几个这样连乘法口诀都不会背，连汉语拼音都认不全的人。我说："只要你想学，老师就愿意教，不用害怕别人笑话，你们都很聪明，就是基础差了点，只要愿意学就能学会。现在还不晚哦，以后也许想学都没有人教哦，谁愿意学？举手！"很多孩子都大方地举手。于是我就在班里进行了一场轰轰烈烈的"扫盲"活动。

虽然我这个音乐老师教数学的办法笨了一点，可我觉得见效就行。那一阵儿，课间我会偶尔走进教室，在黑板上出些基本运算题，那些学生都抢着上来写。从那以后，我敢说，我们班再也没有不会背乘法口诀表的学生了。

打这之后，艾孜买提变化挺大的，开始写作业了，每次早晨到了学校还给我看："老师，你看我写的作业。"我说："挺好，如果你能写得认真一点就更好了。"后来慢慢地我发现，艾孜买提的字能认出来是啥了。最后，他竟然能一笔一画地写字了。有时候他也会拿一本我放在图书角里的书看起来，他对漫画书感兴趣，但是不知道顺序和文字，就让其他同学讲给他听。

再后来，关于艾孜买提的成长故事我了解得越来越多，挺心疼他。他的古怪，不听话，那种自尊心强的性格，我似乎全能理解了。渐渐地，艾孜买提变乖了许多。最让我感动的是，有一个星期五中午，我很早到学校，走到教室看到艾孜买提、合热西提、加吾拉尼这三个男生在主动打扫教室，我仿佛看见三个天使，别提心里多高兴了。我偷偷地走开，不让他们看见我眼睛里有泪珠在打转。班上许多同学也来跟我说："老师，班里几个同学变化挺大的。"这样的时候，真是一个教师最感欣慰的时候。

塔吉克族传统节日肖贡巴哈尔节那天，一大早，艾孜买提从提孜那甫乡的一个遥远的村庄跑来县城找我，给我打电话说："老师，我在您住的院子大门口接您，您快来，到我家过节！"本来我寻思着假期休息一天，宅在小窝不出门，可这样的盛情我又有什么理由拒绝？于是赶紧带着班长一起出发了。

我们打车来到他家。路真远啊，我用百度地图测了一下距离，从艾孜买提家到县城学校步行竟然要两个多小时，这时我差点哭出来……想想我曾那么多次因为他上学迟到而训他，心里真不是滋味啊。

艾孜买提一家人对我特别特别热情，不停地让我吃这吃那，不停地给我倒奶茶，坐着聊天的时候，艾孜买提和他的爷爷就把一只羊推进屋里给我看，说要给我宰羊，我急了，这哪儿成啊，我死活没让，回来的时候班长才告诉我这是塔吉克族对最尊贵、最重要的客人才有的礼节、待遇。我眼中又泛起泪花。

　　其实我们班里的每一个学生都特别懂事，有人情味儿，不管是从初一起就跟着我一起走过来的，还是插班进来相处只有几个月的，不管是成绩好的，还是差一些的，这群学生都特别特别好，跟我都特别特别亲。冲着这份情谊，我觉得当老师再辛苦，再委屈，都十分值得！原来，我似乎不太懂得后进生的世界是什么样的，此时此刻，我似乎更加理解了：他们一样美好、聪明，甚至更加单纯。初三了，能与你们相处的时间越来越少了，而你们对我来说越来越珍贵了。

第三辑

百感交集的旅程

**如何高效阅读，还能与书友
分享交流阅读感悟？**

微信扫码，获取本书配套服务
好书推荐»社科资讯»书友交流社群

怎么还不开学？

大家对开学是一种什么样的心态和体验？我们班的孩子倒是刷新了我对开学的感觉。

2016年的寒假，我回山东过年。那是我来到新疆后为数不多的一次回家过年。我是想家的，实在盼了太久了。

过年的时候在家里接到马依努尔、木尼热等学生的拜年电话，他们都在电话里说："老师我想您了！您什么时候才回来？""老师，我们希望赶紧开学。"

对于赶紧开学这个事情，其实我非常矛盾，我既希望早点见到一班的同学们，早点回塔县陪他们，可也希望晚些开学，在家多待几天，多陪陪爸爸妈妈——尽管每次回家我都

放假前，同学们开心地举着获得的奖状合影

是贪婪地享受爸爸妈妈对我的宠爱，而我却很少为他们做点什么。

美好的时光总是如眨眼般转瞬即逝，即使不愿意面对，返程的日子还是来了。我依依不舍地离开家一路向西狂奔，回到塔县。第一晚睡下时还有点恍惚，搞不清自己到底身在何处，是在宿舍的小床上还是在家？挣扎着醒过来，发现是在宿舍，马上就开始不由自主地流眼泪，这夜再也睡不着了。

第二天一早来到教室，发现不少同学都已经到啦，他们正在打扫卫生，见我来了，一下子拥到我身边，七嘴八舌地说："老师，我们好想您！我们这个假期太无聊了，天天想着怎么还不开学，我们快闷死了，您可回来了！"我张开双手环抱他们，说："其实我也想你们呀。"突然间，那种郁结在心头的想家的忧伤被冲淡了，好像一张被撞破的蜘蛛网一般，悄然地散开了。这些孩子的话魔力真大。加上开学后，每天忙前忙后，发生那么多稀奇古怪、鸡毛蒜皮的事儿，我也就不那么想家了。

　　"怎么还不开学？"孩子们这句话总是会忽然在我耳边回响起来。我一直纳闷着：怎么我自己当学生的时候从来没有这样的愿望和感受呢？

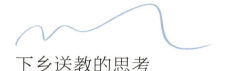

下乡送教的思考

　　下乡送教也是我工作的一部分。我喜欢这样的旅程，能把知识和快乐带给大山深处的孩子们，还能看途中未曾见过的景致，去我未曾去过的地方，对我来说意义非凡。大同乡、库科西鲁格乡是塔县的两个乡镇，距县城有五六个小时的车程。

　　这次的任务是，我与文老师、王老师两位从深圳来塔县支教的援疆教师一同到大同乡、库科西鲁格乡小学送教，文老师教数学，王老师教英语，我教音乐。

　　我们午后3点整从塔县县城出发，从曲曼沿公路向北一直走。你一定想不到藏在这一路上的美景——下坂地水库此

杏花村杏树下的塔吉克族女人

时正是翠绿的颜色，就像一块巨型祖母绿宝石镶嵌在大地上；库科西鲁格乡是有名的杏花乡，这里海拔比塔县县城低，气候暖和些，4月便是观赏杏花最好的时节。抵达库科西鲁格乡时正要上下午第三节课，我们下了车便分头进了教室，上了课，课堂效果还不错，这些低年级的小朋友配合得很好，玩得开心，学得认真，一节课刚好把歌曲学会。

虽然库科西鲁格大片的杏花，美得让人不想离去，可我们还要趁着天亮赶到大同乡小学去。剩下的这一路不太好走，乱石穿空，悬崖峭壁，转弯很急，路又很窄，往往汽车开到一处转弯的地方，眼看着前面就是汹涌的河水，像没有

杏花村

了路一样。我们的驾驶员自信地把车向前开着，我坐在副驾驶的位置，却是时时悬着一颗心，感觉车轮转弯时，外侧的半个轮子已经是压着路的最边缘，而车就好像是从河面上飘过来一样，太让人害怕了，心都要从嗓子眼里跳出来了。那

些烂石头铺成的"搓衣板"路，以前我认为从喀什到塔县的路已经是最危险的，但走过这条"不寻常的路"之后才知道什么是真正的险境。望着车窗外吼叫着奔腾着的河水，河道里不知从何而来的巨石，还有头顶上那些不安分的石头们，可能随时就会不期然地落下来，我心生波澜：生活在这里的人们多不容易啊，坚守在这里的干部、军人、教师们更不容易。他们中的许多人都来自其他省份，都像我一样放下了父母、子女，放下了家庭，放下了太多太多个人的牵挂，坚守在这里，真让人心酸又感动。

过了塔尔乡，天就渐渐黑下来了，司机驾驶着汽车更加小心了，而路也更加颠簸了，我们即使系着安全带，脑袋也好几次"砰、砰"地撞上了车顶。我一直悬心吊胆，估计脸色早已惨白，我已经没空去想自己了，车上还有两位远方来支教的好心人，我默默地祈祷着：一定要确保大家平安无事啊。夜里11点半终于赶到大同乡，天黑得已经伸手不见五指，我们下车的时候总算松了口气。大同乡小学的校长还在等着我们，他热情地招待我们，准备了热乎乎的抓饭和茶水，可我被颠得五脏六腑都翻了个，已经吃不下什么东西了。

校长安排我们在他家里住下。我还是第一次住在塔吉克族人家的大通铺上，没办法洗脸洗脚，只好用矿泉水瓶里的水刷了刷牙，湿巾擦了擦脸，上厕所也极为不方便，外面实在太黑了，我只好叫上女主人打着手电带我去。凑合睡下，我长长吐了一口气，啊，终于踏实了。

第二天清晨，公鸡喔喔叫的时候我醒了。打开门，我才看清楚这里的真容：塔吉克族传统的房屋泥土的颜色，精致的门窗上传统的花纹，简单却十分好看，脚下是厚厚的泥土，旁边有石头垒起的羊圈，远处翠绿的白杨树、柳树和粉嫩嫩的杏树遥相呼应，不远处房顶上冒出一缕缕的青烟，四周环绕着大山，湛蓝得让人心醉的天空万里无云。这分明就是一幅油画，一幅古风、原始、自然的油画，置身于这美丽的小村庄，我想，我一定是"穿越"了！

早饭是奶茶和馕，吃罢，我们步行来到大同乡小学，校门前这条路两旁是笔直翠绿的白杨树，格外好看，校舍也是统一规划的颜色，教室窗明几净，课桌椅也都整齐划一，这是一个有三个年级的小学，一个年级一个班，一个班十多个孩子，小朋友们有着天真纯净的大眼睛，腼腆而甜甜的笑容，可爱极了。上课的时候，这些小朋友都表现得特别好，老师教词语的时候，他们大声整齐地跟着读，这些可爱的孩子，可爱得让人心疼。

大课间，小班长拿着篮子到食堂领取回营养餐，用小手一一发给大家，每人一个鸡蛋，一袋牛奶，一个面包。这样好的条件正是源于国家义务教育"两免一补"和"教育扶贫"的好政策，这让贫困地区、贫困家庭子女都能接受公平而有质量的教育，村村都有幼儿园，应收尽收，应入尽入，所以，即便在大山深处，我们的孩子也一样有学上，孩子们一样能每天有营养餐吃。这使我深深地感受到了国家对教育的重视和投入，对孩子们的重视和培育，我真切地感受到国家的力量，我为此感到骄傲！我们有一个强大的祖国母亲。

回程的路上，我们看清了昨夜错过的景致，黑夜带给人徒增的恐惧也随之而去，奔腾的叶尔羌河，熬人的"搓衣板"路，乱石林立，清澈见底的河水，木板铺成的吊桥，都变得有些亲切而好看了。我们停在叶尔羌河边休息，在冰冷的河水里洗从塔县带来的苹果吃时，看到河水里有许多冲刷而成的鹅卵石，据说有人就在这里捡玉石发了财。我们开起了玩笑说："来，咱也看看能不能捡到藏着宝贝的石头。"王老师、文老师都哈哈地笑了。

正午在经过塔尔乡时，我们被拦了下来，原来是塔尔乡小学的校长听说有一支塔县送教的队伍，到了大同乡送课今天返程，他便早早地等候在我们要经过的地方。这位校长给我们准备了揪面片汤，招待我们吃午饭，然后强烈、热情

塔尔乡小学的孩子们

地邀请我们一定要给他们学校送几节课，因为塔尔乡属于克孜勒苏柯尔克孜自治州（简称"克州"）地界，隶属克州管辖，塔县的送教活动自然不会安排到这里。虽然一路上给折腾得够呛，可校长这么诚恳，文老师、王老师和我当然二话没说就答应下来。我很意外，也感到惊喜。我一定好好上课。

备好了教具、教案，我环顾这所学校。很有年代感的操场，老旧的教室，破旧的桌椅，感觉很怀旧，教室里的多媒体设备一开便跳闸，基本用不成，尝试了两次后我放弃了使

大山深处的孩子们领取营养餐

用多媒体设备上课。这时候，教室里挤满了来听课的老师，他们拿着本子，拿着笔，有些没座位的竟然站在教室后面听。学生们坐得整整齐齐，睁着大大的双眼认真地看着我，我震惊了，内心十分感动。虽然无法使用多媒体设备，但我投入以最大的热情，带动着小朋友们上了一堂超级欢乐的音乐课，结课时，他们嘹亮地唱响"国旗国旗真美丽，金星金星照大地，我愿变朵小红云，飞上蓝天亲亲你……"歌声久久地盘旋在校园上空，直飞云霄！

虽然这里学习条件比较艰苦，但孩子们的学习热情却那么高涨，如此地珍惜与热爱着我们带来的上课机会，这种学习的劲头和精神真让人感动。这让我想起了《平凡的世界》里的孙少平，他吃着"非洲菜"黑面馍，穿着破旧的黄胶鞋、补丁摞补丁的衣裳，却凭着腹有诗书的气质，赢得了同学的尊重，这正是大作家路遥先生的生活写照啊。多少前辈生活在那样困难的年代，依旧成为国家的栋梁。尽管条件差点儿，尽管路远一些，尽管远离城市，但只要我们有学习的意识、有学习的信心和决心，有坚定的行动，有对教育的重视，有知识改变命运的思考，那我们就不怕娃娃不成材！

现如今，全面建成小康社会的宏伟蓝图正在逐步实现，大同乡通了平坦的公路、盖起了新的宿舍楼，塔合曼乡盖起了新的教学楼，阿巴提镇的老师们已搬进新的教师公寓，库科西鲁格乡的学校标准化塑胶运动场也投入使用了，"班班通"多媒体、电采暖等逐渐普及，每所校园都是那么漂亮，每间教室都宽敞明亮……现在的条件越来越好了，我们有什么理由不珍惜、不感恩这样好的条件呢？我们有什么理由不好好学习呢？我们有什么理由不为我们强大的祖国贡献出自己全部的力量呢？

是谁帮我刷了碗？

　　每当想起这件事儿，我都会羞红脸，脸颊发烫，一直烧到耳根，还热到了我心里。

　　这是普通的一天，上课、放学、做饭、吃饭、刷碗。当把要洗的一盆锅碗搬到了水房时，我看了看时间，哎呀，中午说好了给班里几个学生补习，这要来不及了。我扔下锅碗，着急地跑到了教室，瞧，这几个家伙正等我呢。我把印好的自编实用版应用题发了下去，看着他们做，等他们做完了，给他们批改，不会的再一一进行讲解。其实我发现单纯的数学运算题他们是能算对的，可加上汉字他们有时就看不懂了，但你要口述一遍题目的意思呢，他们马上就能听明白，又能快速地算出答案来。这让我寻思着，还得教教他们汉语拼音，教他们查字典。这一忙活着，水房里没刷的锅碗早被我忘了个一干二净。

等结束了这天的工作，回宿舍的时候，隔壁住的同事对我说："哎，刘老师，你说你羞不羞，你那碗放水房里多久了，脏不脏？还是学生给你刷干净的！"我听了，脸唰地一下红了，赶紧跑到水房，见锅碗不在水房了，又跑回厨房一看，呀！锅碗已经刷得干干净净，摆放得整整齐齐了，上面还放了张绿色的作业本上撕下来的纸条："老师，碗我刷干净了，希望你能喜欢。"纸条上没有留名字。

刹那间我的脸更红了，让学生看到老师这么邋遢的一面，还帮我刷了碗，这实在让我感到不好意思。可我的心啊，像是被暖化了，眼泪吧嗒吧嗒地掉在纸条上。从这一刻起，我知道我的学生们也真心对我好，会真心地疼我，关爱我。

晚上，坐在桌前，看着小纸条，我还在寻思着到底是谁帮我刷了碗？肯定是个女生，是古丽仙，还是阿提看木，卡依克、祖拉、阿力通撒其……

好像每一个都有可能，但究竟是谁？亲爱的同学，让我向你说一声："老师很感动，喜欢你，谢谢你。"

时至今日，我依然不知道究竟是谁帮我刷干净了碗。

我和斯迪克的故事

　　第一次遇见斯迪克是夏天草滩都变成绿色、河水也充足的时候，班上有个学生逃课，听说他去草滩玩水了，刚下过雨的小河流水很急，我担心、惊恐、着急，于是带着另一个熟悉草滩的学生去找逃课的学生。

　　路过河上的小桥时，看到一个塔吉克族奶奶正背着个小孩儿过桥，而这个小孩儿一直扭过头看我。我急着找人没在意，在返回的途中，路过小河旁的房子，看到刚才的孩子背着手还立在那儿看我时，我终于忍不住，走过去逗他，没想到他对我笑，伸出手要我抱，一点也不生分，我走的时候，这孩子还拉着我的手要跟我一起走。跟着来的学生用塔吉克语问他："tao cai zi ri he wei ci a ziz？"（为什么喜欢这个阿姨？）我听见他小声回答道："a no, a no。"（妈妈，妈妈。）孩子的奶奶盘问起了孩子什么，然后说道："yad bacha me ka ti leor sei jien, hitar a no oh xor dir welj yik lie wed。"（孩子没有妈妈，是跟着我长大的，他觉得这个人像他的妈妈。）

我心里有种特殊的感觉。我摸着他的头，问他："你叫什么名字？"旁人翻译后，我记住了这个孩子，斯迪克。从这以后，我经常来看他，给他带来衣服、玩具、绘本书，教他说汉语、数数。夏天在草滩，我教他学数1、2、3、4、5、6、7、8、9、10的时候，他还说不清楚，模仿着我，伸出小手比画着，认真地学着我的腔调，样子很可爱。有次周五，斯迪克的表姐，我的学生其尼古丽告诉我，过节了，斯迪克的家里人让我一定过去热闹一下。

后来学生又来电催促，我不得不赶过去。刚走进院子，见到斯迪克时我叫了声他的名字，向他伸开双臂，他高兴地朝我跑过来，抱了抱却又跑开了。奶奶问他："caiz set？"（怎么了？）他用稚嫩的腔调嚷着说："me pie cieq ha xid ha jia li ke som。"（我的脸太脏了，我害羞。）

两个月不见，斯迪克似乎长大了一点，还知道害羞了。坐下来喝奶茶的工夫，学生其尼古丽告诉我："老师，昨天斯迪克一直闹着跟我去学校，他要找你，说要找他的汉族妈妈，我没带他去，他就一直哭，所以害得我迟到了……"我咯咯地笑起来。斯迪克洗了脸跑到我身边，亲了亲我的脸颊，旁人逗他，问："yam qoy?"（这是谁？）斯迪克答道："han si a no。"（汉族妈妈。）

　　看着斯迪克快乐玩耍的样子，我也乐开了花。

　　斯迪克，接下来会有更多的人疼爱你。当然，我们的故事依然会延续……

拜年

　　肖贡巴哈尔节是塔吉克族人传统的节日，就相当于我们汉族的新年。

　　每次肖贡巴哈尔节都会有些家里距离学校很远的住宿生不能回家，只能留在学校里。学校也会在这天给这些不能回家的孩子们准备文艺表演和手抓羊肉、花生、瓜子儿、糖果、香蕉、苹果、香梨等小食品，总之可丰盛了。当然他们还可以痛痛快快在学校玩几天。我们班也有两个回不了家的同学：阿提看木、丽达。班里的同学知道了，都抢着让这两个同学跟着自己到家里去过节，阿提看木、丽达为难了，同学们都这么热情，实在不知道该去谁家，只好留在学校了。

　　过节这天，我怕阿提看木、丽达无聊、想家，就和班上的几个同学约好，来到学校宿舍找到她们两人，一起去学校附近的同学家拜年。

在过节这几天，塔吉克族老乡每家每户都会特别热情好客，不管认不认识你，只要进家里去问个好、拜个年、说个吉祥话，主人都会热情地在你肩头撒上"putuk"（面粉）代表欢迎、祝福的意思，然后给你端上热乎乎、香喷喷的奶茶，再给你端上一盘牛肉、面肺子，不停地让你吃、喝。一开始我还不信，直到这天去艾米达家拜访的路上，路过一户并不认识的塔吉克族人家门口，有个塔吉克族老奶奶从院子里迎出来，使劲儿招呼我们进去坐坐，真是盛情难却，搞得我都不好意思了。在艾米达、其尼古丽家拜访后，我们就赶紧起身去木尼热家里拜访。每年过肖贡巴哈尔节如果不去她家里坐坐，这家伙真的会生你的气，好几天都不理你。

等我们到了木尼热家里，她已焦急地等了我们好一会儿了，木尼热的家可真漂亮，她家有现代化的客厅，摆放着沙发、茶几、电视柜，橱柜里放着影集，都是木尼热小时候的照片。我特别喜欢照片上这个小家伙，长大了的木尼热光让人操心，真是一点儿也不可爱了。

我更喜欢木尼热家有矮炕的房间，里面有精致的雕花木柱子，房梁上画着精美的传统花纹，墙壁上挂着各式各样塔吉克族精美的刺绣。头顶上有一扇明亮的天窗，房子中间一架炉子烧得旺旺的，整个房间可暖和啦，炉火上熬煮着一壶奶茶，"呼呼"地冒着热气，炕上铺着漂亮的羊毛毯，还有亮闪闪的靠枕和垫子，靠着炕墙边摆着一排整整齐齐、一人多高的被褥，用漂亮的镂空花纹布盖着，这代表着一个家庭的富有，这么多的被褥，这么大的炕，我们全班的女同学来都能住得下！木尼热给我们铺了软软的垫子，可这些漂亮的垫子总让人舍不得坐上去，炕上铺着"dis tar hun"（饭毯、餐布），上面摆着带着精细花纹的玻璃碗，小碗里装满了葡萄干、杏干、蜜枣、糖果、红枣等小零嘴，然后几个大盘子里装着"arzek"（阿尔孜克）、"kaks"（哈克斯）、"kalo gket"（大块手抓羊肉）、"estewr gket"（牦牛肉）、"kemoq"（克木其）、"geht hatlamo"（肉馅卡特科玛）、"sagzo"（馓子）、"kawurdok"（库尔达克）、"paneyr"（帕乃尔）、"lindich"（林迪其）、"zang"（赞格）、"bat"（巴特）、"shirbirinj"（西尔比仁吉）……哎呀，花样实在是太多了，让人眼花缭乱，垂涎三尺！木尼热的妈妈忙活着给我们煮奶茶、上肉、做手抓饭。这里的手抓肉通常是很大一块盛在大盘子里，要用小刀一片片地削成肉片，再用盐水蘸着吃，如果你不怕羞，也可以拿上一大块啃着吃。木尼热的妈妈正给我们做手抓饭，她做的手抓饭非常可口，完全不会让你感到腻。

吃饱喝足，我们又到下一位同学家去拜访了，到了谁家都要如此吃喝一遍，如果扭扭捏捏不吃不喝，就有点儿不懂礼貌啦。

欢乐的串门活动结束了，不管哪一天，只要跟你们在一起，老师都是快乐的。

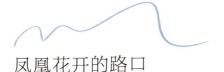

凤凰花开的路口

又到凤凰花朵开放的时候
想起某个好久不见老朋友
记忆跟着感觉慢慢变鲜活
染红的山坡，道别的路口
……

仿佛又回到那时候
时光的河入海流
终于我们分头走
没有哪个港口是永远的停留
脑海之中……

　　每一届临近毕业的时候，我就会教学生们唱这首歌。每个班的学生都会学得很认真，不仅是因为旋律好听，在歌声中，他们也能体会到自己将会结束的这个阶段，因为回首和成长而生出的特别感悟吧。

　　毕业的日子近了，可我发现班里的同学越来越黏着我了。

　　每天放学后，卡依克、马依努尔就会在学校门口我的自行车旁等我了。她们要跟我一起回家，还非要给我拿包。我不让她们拿，说："老师怎么能让学生拿包呢？别的老师看见了不知道要怎么说我呢，这样对我也不好，别……"可她们不听话，没等我说完，就几乎是从我身上强行"抢"走双肩包，另一个就推着自行车，然后我们就一起往家走。有的时候我们在路上聊班里的事儿，聊学习，有的时候我们则一言不发，只是相互陪伴着一直向前走，这两个孩子说："回家的路太近了，宁可再远些才好。"

　　原本是在农行的那个十字路口，我们就分开各回各家了，可马依努尔偏要把我送到我住的大院门口后再往家走。孩子们，我能感受到你们对我深深的依恋和不舍，可你们越是这样，我也就越来越舍不得你们了。

　　就像歌里唱的："时光的河入海流，没有哪个港口是永远的停留。"有的时候，我不知道与你们建立这样深刻的师生情，是对的还是错的？这样对你们好，还是不好？孩子们就要毕业了，初中时代剩下的时间过一天就少一天，真让人感到珍贵，同时又有些怅惘。虽然我也不舍，但还是希望你们都能把握剩下的日子，把所有精力和时间放在复习知识上，我希望你们都能有好的成绩，上个好的学校，有个好的未来。

多年以后，我们再唱起这首歌吧！

毕业来临的这天

　　毕业这天，我的心里五味杂陈，心情难以言表。我强颜欢笑地走进教室，站在讲台上深呼一口气说："同学们好！"

　　他们无比响亮地回答："老师好！"

　　一切像往常一样，我突然不知从何说起了，心里又是为他们高兴，又是一阵难受，愣在那里。

　　班里的开心果阿卜杜拉赶紧接话逗我说："你别哭！"引得同学们哈哈笑起来，可笑着笑着，大家都哭了，我也陪着他们笑着哭。

　　是的，分别在即，不舍别离。三年来的一幕幕，不停地在眼前回放，我们怎能忘记？

我永远记得初次相逢时你们的青涩；永远记得操场上那一道闪亮的风景，是你们整齐的步伐和嘹亮的口号；永远记得你们琅琅的读书声；永远记得你们每一个人生动的面孔。

忘不了，运动场上，你们的坚持、勇敢、拼搏；忘不了，为你们哭过、笑过、爱过的日子。还记得，我们曾为一场演出而紧张排练，全体同学瘦了好几斤；还记得，我们参加植树劳动，你们磨破了稚嫩的双手，晒黑了脸蛋；还记得，咱们过集体生日，调皮的男生把蛋糕上的奶油涂抹在每个人的脸上，哇哇叫着，胡闹着奔跑的情景。

我们怎么能忘记？

就在昨晚，我做好了送给全班同学的"毕业纪念册"，把这三年来点点滴滴的故事做成动态影集给大家看。做影集的时候，我看着这些照片和视频，一会儿笑，一会儿哭。没想到你们在看影集的时候也同样是一会儿笑，一会儿哭。我本不想把气氛搞得这么沉重，可就是控制不住，我甚至自私地想：如果可以，我不希望你们毕业，不想离别，不想你们长大，我希望我们永远都在一起。

你们善良、正直、贴心、懂事、知道感恩，你们是我的全部。我感谢上苍让我遇见这么好的你们。这样的你们，让我怎么舍得？

让我们铭记这一时刻，共同珍藏这份真挚的情感。衷心地祝愿你们在人生的道路上茁壮成长、前程似锦！

　　感谢你们陪伴我成长，让我收获人生最珍贵的回忆，最宝贵的财富。我永远不会忘记一班的每一张笑脸，每一个故事。

亚森江之二

　　难得有机会到喀什的深塔学校参加培训，到了这儿，我当然要看望我们班的宝贝儿们，这次见到的亚森江已经是高三学生了，嚯！这小伙子个头一下子蹿高了，眼看着超过我了。我们在校园的运动场边的台阶上坐下来，听他谈他的学习和生活。

　　亚森江总是待我很亲，无话不谈，我开玩笑地说："亚森江，在学校还乖吧？让我先检查一下你还抽不抽烟了。"说着就要检查他的手指，看有没有抽烟的迹象。他赶紧背过手笑嘻嘻地说："老师，我现在不抽烟了，放心吧，我现在学习认真着呢，数学有进步了，物理也还行，就是语文实在是不会……"我说："哎哟，那你表现不错哦，加把劲，喜欢的、擅长的咱就使劲儿学，语文也不能放弃，这可是个重头。首先你要学会写作文，多看看范文，其实写作文没那么难，就是把你心里想的东西如实表达出来就好啦，我看好你哦。"亚森江被我逗得开心地说："好嘞！放心吧，不会给你丢人的！"

接着他谈起了家里的事儿：老师，我妈妈学了做蛋糕，整个人也变得开朗了。我特别高兴。等她学成了给她开个蛋糕店！以后咱班同学过生日，就能让我妈妈给大家做蛋糕了！

"老师，我以前跟我妈妈吵架，我真的特别后悔，觉得那时候自己太傻了，现在啊，我回到家里就帮她干活，还哄着她，就像哄小孩儿一样，我怕我会惹妈妈生气。我不想看她伤心的样子。"听了这番话，我这才觉得亚森江是真的长大了，我的宝贝儿长成了一个成熟、懂事的大男生了。

"老师，我真的特别怀念上初中时候的那些事儿啊，每次想起来，我总是会笑出来，我特别想回到那时候，可是回不去了。真的，老师我特别感谢您，幸亏遇到了您，要不然我不知道自己会变成什么样子……"我转过头看到他眼睛里闪闪的泪花。此时此刻，我的心也不由得暖暖的，眼眶湿润起来。我从来不知道在他的心里我的分量这么重。

我想在我们之间，超越了民族之分，超越了血缘差异，超越了样貌之分，我们是师生，是朋友，是姐弟，是亲人。不论怎样，我真心地祝福和希望他能成为一个对社会有用、有价值的人！

阿克拜尔的新家

　　阿克拜尔是我们班里足球男孩儿中的一员，是守门员。初一入学时他个子瘦小，在足球男孩儿的队伍里并不起眼，我总记得他花猫似的小脸蛋和总是脏脏的衣服。

　　我对他最初的印象是在开学不久的一天，同学们挤在教室走廊里喧闹。走廊两端各有一扇大窗户，我们一班教室刚好在打头的位置上，在走廊打闹的男孩子们不知谁推了一下阿克拜尔，他撞在窗户上，不小心把玻璃打破了。他很害怕，毕竟一大块双层玻璃得值几十块钱呢。我闻讯赶来，也很害怕，但心里想的是只要他人没伤着就行。

　　来到教室门前，我让围观的孩子们赶紧散开，先检查了一下阿克拜尔的头和身上——万幸的是没有任何伤口——再赶紧清理掉碎玻璃。再看阿克拜尔低着头、红着脸，一副沮丧得要哭的样子，知道这孩子是害怕了。可我还是严肃地批评他说："没事儿就行，下次可不要在走廊打闹了，你知不知道这有多危险？"阿克拜尔还是没忍住眼泪，边扑扑掉泪边不住点头。我说："行啦，哭什么！还男子汉呢。还有，得让你家长来一趟，损坏了公物是要赔偿的。给家长打个电话说一下吧。"阿克拜尔用我的手机拨通了爸爸的电话，说了些什么。我寻思，得借这事儿在班里做个警示教育，可要孩子们知道保护自己才好。

大课间的时候，阿克拜尔的爸爸慌忙来到学校，我诧异了，没想到他来得这么快，不是说有空的时候过来就行了么？只见他的父亲个子高高的，满脸沧桑，除了皱纹，阿克拜尔与这副面孔真是像极了，他一身老式军绿色衣裳，身上满是灰土，一个地道的农牧民形象。这一定是在劳动场地赶过来的，我心里突然就有点不好受了。因为这样的小事儿就把家长叫来，是不是太小题大做？是不是有点不合适呢？我懊悔着。

把阿克拜尔父子带回办公室，他父亲焦急地询问出了什么事情，是不是阿克拜尔犯了错。我赶忙向他解释事情的缘由。他这才放下心。

阿克拜尔的父亲除了忙农活外，还是一位思想进步的优秀护边员，曾经被评为县级优秀护边员！这位父亲很重视孩子的学习，也很重视对孩子的要求和培养，他放心地把阿克拜尔交给我管理，让我一定严格要求，如果他再犯什么错我可以马上联系他，他会尽快赶到学校，说到动情之处还流下泪。与家长的一番交谈，使我觉得这次交流很值得，家长还真没白来，这是开学以来我认识的第一位家长，没想到家长的态度这么真诚，他对孩子的期望和对孩子的爱并不比其他任何家长少。损坏的玻璃我最终没让他赔，自己想办法解决了。

　　从那以后，阿克拜尔更加听话了，基本上不犯错误，偶尔犯错时我会对他说："你爸爸可把你交给我了，赋予我打你、教训你的权利，你看他多不容易，难道你还想让他来学校，让他伤心？"好在他很明白道理，总是知错就改。

　　可有阵子，我发现阿克拜尔总迟到，说了几次，可每次都是好了几天就又开始迟到。我很费解，他家不就是在塔什库尔干乡吗？不就是县城边上么？怎么就总迟到呢？我狠狠训了他一顿，他只是低着头不敢说什么。

　　直到我们班去植树那回，第一天劳动结束时，我要求大家一起带队返回学校再各自回家，阿克拜尔才怯怯地跟我说："老师，我能不能不跟您回县城、回学校了？我家就在前面一点的瓦尔西迭村，咱们班的劳动工具也别带回学校了，放到我家去吧，明天同学们来了再从我家拿。"我惊讶得说不出话来，这才知道阿克拜尔家距离学校这么远，别说一个孩子，就算我自己每天从那样远的地方步行往返学校，也是很吃力的事情，说不定还会天天迟到。这让我又懊悔自己曾因为他迟到而不分青红皂白狠狠批评他，又心疼他每天往返学校走这样多的路。

　　从那以后，我再也没因为阿克拜尔迟到而批评他了，他也很自觉。放学的时候我总会婆婆妈妈唠叨几句，让他少踢会儿球，早点回家，路上注意安全，靠着边儿走，离大车远一点；他也总是回答："好，老师，老师再见。"然后笑着跑开。这种习惯一直持续到毕业。

　　初三那年，班里同学跟我说："老师，咱们班有同学上课时不认真听讲，折纸做手工，被别的老师说了一顿。"我一听，下巴都要惊掉了，谁呀？折纸？初三了，面临中考，却上课折纸做手工？还当自己是小朋友呢！这一下我火冒三丈，跑到教室一看，原来是阿克拜尔。走到他面前，我沉着脸，抱着胳膊说："来，拿出来，我看看你折了啥好玩意儿？"阿克拜尔羞红了脸拿出了他的"作品"——是个纸折的钢琴，上面还画着图案。我想起来了，很小的时候我就梦想着能有一台钢琴，梦想着能学音乐、学唱歌，我也常常用纸折这样大大小小的钢琴呢。有几个同学多嘴说："老师，这是他送给你的。"我从回忆中醒过来，沉下的脸舒缓了一点，说："初三了，你折纸？你脑子里有什么？我真想进去看看。"逗得大家都笑了，阿克拜尔也不好意思地笑了。我说："笑，还笑？" 虽然仍严厉批评了他一通，可心里却甜滋滋的。

初中毕业后，阿克拜尔到乌鲁木齐读书去了，再见到他是2019年的夏天，我正从我的塔吉克族亲戚家往县城走，看见阿克拜尔骑着车，抱着一大兜馕。他看见我，赶忙刹住车子停下来，跑到我面前。此时的阿克拜尔长高了，个子高出了我一个头。他说："老师您好，好久不见，您去哪里？走，到我家去吃饭。"说着就要带我回家去。没带什么礼物，我不好意思去，还是婉言谢绝了。

正式到阿克拜尔家拜访是这年的肖贡巴哈尔节。这天，我先到村里去看了我的塔吉克族结亲户，给他们送去水果、糖果、白菜、粉条之类的食品。然后到了阿克拜尔家拜年，他们一家人热情地欢迎我，当然，我也给他们准备了一份水果、糖果。

阿克拜尔的家是一座富民安居房，黄色的院墙，红色的房顶，房顶上还蹲着许多咕咕叫的鸽子，见人一来就振翅起飞了。院门两边整齐地盛开着一片格桑花，放眼望去，就属他家的小院儿最漂亮。再看看院子里右边是用空心砖垒起来的矮墙，里面是个小菜园，种着青菜、雪菊，空心砖里也放上了泥土，窜出正盛开着的一朵一朵的向日葵；靠北的墙还搭了顶棚，停放着车辆，摆着一台电子琴。走进屋里一看，墙上是精美的壁纸，窗边是漂亮的窗帘，脚下是软绵绵的地毯，大屏液晶电视正播放着电视节目，改良后整齐的木炕上，几只小奶猫正在跑闹着。这些长得像"黑猫警长"一样的小猫，可爱得不行。洗手间里，还有热水器、洗脸台、马桶卫浴用品，现代化的卫浴一应俱全，加上厨房的现代橱柜、自来水管道、不锈钢洗菜盆，跟楼房没区别，特别是这么大一个庭院，这就是个大别墅嘛。简直是我梦寐以求的家！

参观完阿克拜尔家的富民安居房，他引我到客厅坐下，茶几上摆满了各种各样好吃的，墙上挂着条绶带，上面绣着"优秀护边员"的字样。这一定是阿克拜尔爸爸获得的荣誉。

我们坐下来聊天。阿克拜尔的爸爸不仅是优秀护边员，还是一位勤劳的农牧民，热爱劳动、思想开放，在家里养了700多只鸽子。大家都知道鸽子的经济效益很高，新疆人爱吃鸽子，算下来这是一项不小的收入呢。他家里还养着黄牛、牦牛、山羊、绵羊、马；他把小院收拾得漂漂亮亮的。在国家全面建成小康社会的宏伟蓝图下，咱们塔县的农牧民实现了脱贫，并且真的富了起来。阿克拜尔家的致富经验在全乡都是先进典型呢！

只要咱勤劳、肯下功夫，哪怕是大山之中，日子一样能小康！

遗憾的事

　　学生们毕业后，多数要升高中，到深塔中学继续学习。深塔中学是塔县县办高中。为了使学生获得更好的学习环境，这所学校特意建在了平原县——离喀什市不远的疏附县的县城。

　　该校的常用师资是由新聘教师和塔县一部分教师调任组成的。我是持有高级中学教师资格证书的，本以为学校会安排我到新学校带高中音乐，我可以继续办高中特长班，我甚至想好了马依努尔可以学播音主持、木尼热可以学模特、阿卜杜拉他们继续学美术、玛丽克学唱歌……我们一班的孩子又能聚在一起了，我能再陪他们三年，把他们送进大学校园。我分析对比了几年来新疆高考艺术生文化课分数线，发现艺术生录取分数非常低，如果苦练专业，这将是一条上大学的捷径啊。倒不是我觉得自己水平有多高，可我愿意挑这个大梁尽全力干好这件事儿。

趁着暑假，我赶紧做准备，买了一套新版本的高考音乐强化训练教材《声乐卷》《视唱练耳》《基本乐理》。从大学毕业到现在，学过的专业知识用得不多，已经忘得差不多了，我便提前备课、练习起来。我还向做艺考培训的大学同学咨询，厚着脸皮要人家的学习教材、模拟题，虚心地向别人讨教经验。我做好了计划，开学后照计划执行就好。

可我万万没有想到第一批调到深塔中学的教师名单中没有我。我的计划全泡汤了，对此我特别无奈，也很失望。倒不是我想到氧气充足的平原去工作，而是有一群学生在等我，只要让我去教去实现我的计划，就算到海拔5000米的地方我也无所谓。没办法，我只好服从组织安排，等待下一次人员调整，将计划推迟。

新学期的第二批人员调整名单依旧没有我的名字，这个时候我便着急了。眼看着学生上高二了，再拖下去恐怕走不成艺考这条路了，那段时间我更加着急、生气，想不通也睡不着觉。艺考看似容易，但不经过一个苦练的过程是休想成功的。那段时间，我简直心急如焚，没心思工作，最后病了。一边病着，一边不断地想：干点儿事儿怎么这么难呢？

难道领导只重视文化课成绩？难道他们看不到这些可以走另
一条捷径的孩子们么？

第三次人员调整，我终于忍不住了，我找到教育局书
记，拿着申请书，写明了我的想法，几乎是绝望地对他说：
"不让我去，耽误的不是我，而是我们班那些孩子。"书记
很不屑地回答我："刘老师，你不是救世主。"这句话就像
一把钢刀扎进我心里。是啊，我不是救世主。我只是一个普
通的教师，收起那可怜的计划、所谓的梦想吧。

遗憾的是，同学们，我没办法去陪伴你们了。是时候放
开双手，让你们飞走了。即使没有我，你们也一定能飞得更
高、更远。

惊喜

　　非常偶然的一次机会，从深圳过来一位记者朋友要到喀什的一些学校采风。她得知闷闷不乐的我这几天在喀什休养身体，知道我的许多学生们都在她将要去的这所学校念高中，就一定要带上我去看看。

　　我很犹豫，苦苦与自己斗争了一晚上，还是决心去一趟。

　　第二天一早，我们从广东省对口援疆前方指挥部出发了，任务是参观、采访喀什新建设的学校项目。当天参观的那些学校都是援建的项目，有深圳市援建的、广东省援建的、山东省援建的，还有上海市援建的，每所校园看上去都特别漂亮，现代、气派，宽敞的教室、明亮的大窗户、崭新的课桌椅，看上去规模比大城市的许多学校都还要大，虽然是新建的学校，学校绿化带里的小树还没长高，但已经生机勃勃地吐着嫩绿的新芽，一派欣欣向荣的景象。

四省市共同援建的喀什大学更是让人震撼，正在紧张施工的校园面积占地2000多亩，高大的教学楼、富有动感的体育馆、辉煌的音乐厅、沉静的图书馆……用不了多久，我们将看到这里成为一个有着五彩缤纷的花海、绿树成荫的校园，美丽的人工湖旁会有学子大声地背诵文章，婀娜多姿的柳树下会有学生静静地读书；艺术楼的琴房里会飘出悦耳的歌声，画室里的小伙儿正专心创作；草坪上维吾尔族、塔吉克族、柯尔克孜族、哈萨克族、汉族等各民族的俊俏姑娘们在一起翩翩起舞；运动场上同学们拼搏着向前奔跑；校园里到处洋溢着欢歌笑语，庄严的五星红旗在美丽的校园上空迎风飘扬……这真是一片大好光景，这里将成为祖国西部大地上又一所大学。我觉得援疆工程真是件大好事儿、大实事儿。

"教育，是一个国家的立国之本，也是一个民族振兴、社会进步的基石。"是啊，教育强国、学习强国，坚持教育优先发展，中国共产党和国家、政府为此做出了不懈的努力。学子们，这样大好的时代，咱们肩负着国家使命，肩负着中华民族伟大复兴的中国梦，让我们不负韶华，为中华之崛起而读书、而奋斗吧！

　　深塔中学，顾名思义是深圳援建塔县的一所中学，分为初中部和高中部两个学段，我们班的同学就是在这所学校继续念高中的。我还从未到过这所新建的高中，一直没有勇气来，直到车辆行驶进了学校，我还在犹豫着下车还是不下车。我怕见那些让我日夜想念、牵挂的一班同学们。我知道他们一定也都想着我。

　　还要过一会儿才下课，我悄悄地从高一教室的走廊走过，想在窗户旁边看看我们班的同学，并不想打扰他们上课。我小心地走过每间教室，心"扑通扑通"地跳起来。只见他们分散在各个教室里，这是马丽卡，那是努柯，坐在这儿的是其尼古丽、多来提，坐在那儿的是胡马尔、丽达、毛毛……看见一张张熟悉的面孔，泪水不知为什么不停地在我眼睛里打转，喉咙里也疼起来。这时候，教室里的木孜热木夏发现了我。只见他盯着我，一下子就从座位上站起来了，我不知道怎么办好，赶紧向教学楼外跑去。这时候，以前的同事彭老师也看到了我，她让我到教室里。我有点不好意思，但还是走了进去，刚踏进教室，雷鸣般的掌声就响起来了，我站在讲台上微笑着向大家问好，同学们撕心裂肺地喊着："老师好！"我只是站在讲台上，泪水止不住地流着，却一句话也说不出来。

　　等泪水稍稍收敛一点，再定睛一看，我们班好几个学生都在这个班上，他们也都哭起来了。我不知道怎么安慰他们，只好走下去跟他们拥抱，阿卜杜拉、其尼古丽、亚森江……木尼热，她笑着哭着一言不发，呆呆地坐在位置上。我说："你也在这个班？"她便忍不住了，站起来紧紧抱住我。我说："你们上课吧，不能耽误你们学习。"他们也激动得几乎哀求地喊起来："老师求你别走，老师……""好，我不走，我在教学楼外的长廊等你们下课。"

　　我走到教学楼外的长廊里，百感交集地等待着我们班的孩子。下课铃声刚刚响起，就看到卡依克奔向我，冲到我怀里，啥也不说就是哭。接二连三地，他们都来了，我们大家抱在一团、哭成一团。这时候，木孜热木夏也紧张地跑来了，说："老师，我来晚了，我以为您走了，我先到了校门口找您，听她们说你们都在这里。"我说："来了就好，我怎么舍得走呢。"木孜热木夏说："老师，刚才上课的时候，我看见您了，我也不知道怎么了一下子就站了起来，那位上课的老师罚我一直站到下课。"大家被他逗得笑起来。

　　课间时间很短，我们匆匆拍了一张合影，我就催促着他们回教室，他们迟迟不肯离开，让我不要走。我答应了他们等他们放学。

　　午饭后，我在食堂前等待他们，我们又聚成一团。言谈的时候，我了解着他们在新学校的生活、学习情况，交代他们要好好学习，注意卫生、吃饱、吃好。他们嚷着："老

刘老师看望上高中的同学们

师，您今天不走了吧？" "老师，您来这所学校教音乐吧，您再办一个特长班，您还当我们的班主任，我们就又能在一起了。" "老师，您别走，老师……"

　　我真想来继续陪伴你们，可是，世界的许多规则还不是你们现在能理解的，我也有许多苦衷没办法跟你们说，只好答应着说以后有机会一定再来。

　　采访工作结束了，我该离开学校了。我让学生们赶紧回宿舍休息，可他们不听，一直簇拥着我到了校门口，卡依克、阿勤丁洽西、丽达、古丽夏尼几个女生把一封封写好的信塞到我手里，嘱咐让我一定看。依依不舍地分别后，我上了等着我的汽车，摇下车窗，直到车辆驶出校门，看着他们依旧站在那里使劲向我挥手，喊着："老师再见，老师再见……"我也流着泪向他们喊着："回去吧，赶紧回去，要好好学习……"这一幕幕，身旁的记者朋友都帮我记录了下来，她说学生对我的感情很深，让人感动。

我说不出话，在路上看着学生写给我的信：

　　我伟大的母亲，刘妈妈，刘老师，我们真的特别特别想您了，今天能看到您我们真的很高兴，没有您的日子我们那么不习惯，老师您能不能陪伴我们这三年？我们真的特别需要您，真的，老师，求您了，我每分每秒都希望。老师，您在我们心里的地位谁都替代不了，刘妈妈，您是我们的妈妈，是我们的母亲，我们不在您身边，您要好好照顾自己，不要生病，衣服穿厚一点。爱您，我的母亲。

学生：卡依克

　　亲爱的妈、姐：虽然我在一班只有一年的时间，但您给了我很多温暖的爱，老师我真的很幸福能当您的学生，老师您教我们唱的《同桌的你》我到现在都还记得。我每天都在想我们的初中生活，觉得很开心，您让我们每天背书，是为我们好，我都知道，很想永远在您的身边，可我没机会了。您永远是丽达最美的仙女刘老师。我永远都不会忘记您，老师我发自内心地向您说声：谢谢一直鼓励我，谢谢您。

学生：丽达 2018年4月23日

刘老师：您好，看到这封信时，您可能已经走了，谢谢您来看我们，我们真的特别开心，也很惊讶，真的，我们都说不出话了，相信老师您能了解我们现在的感受。我真的很想您和难忘的一班。永远爱你们。

学生：阿勤丁洽西

我的孩子们，你们让我如此感动，如此幸福，总是给我这么多惊喜。我也爱你们，永远。

搬家

在一个大冷天里，我终于办好了一件大事——搬家。累得我腰酸背疼，看来这体力远不如刚来塔县的时候了。

学校领导要求我们工作三年以上的教师必须搬出宿舍，可以自己在外面租房子，也可以到县上小区里的公寓房租住。

我非常不愿意搬离宿舍，住惯了学校，会觉得住在外面不方便。一来因为住在学校，学生打扫卫生、早读、晚自习、放学后我都在，哪怕是周末，班上的同学只要有需要，可以随时来宿舍找我；如果搬走了，我每天要浪费许多时间在上下班的路上。二来我也舍不得，整整三年半的时间居住在这里，对于我来说，这个小窝不仅仅是我栖身的地方，还是属于我的个人空间，是我的第一个小家、是我的办公室。

2013年9月10日，我带着几只箱子来到帕米尔，学校安排给我这间小屋，屋里积着厚厚的灰尘和泥土，里头只有两张破旧的高低床，入住时自己动手打扫，将所有家当拿出来，简单布置后，宿舍变得温馨了许多；宿舍里常停电，点个蜡烛就能吃上烛光晚餐；有时候我会给小床拼上几个板凳，它就摇身一变，成了一张双人床，我放肆地伸开手脚躺在上面；记不清有多少个夜晚，在这个小屋里加班，为孩子们抑或家长会上的家长们做PPT、备课、剪辑视频……只要在这小屋里，我就有一种莫名的安全感，好像这是自己在塔县的第一个家，再不会有不好的事情发生，我也不会害怕；心情时好时坏、有些阴晴不定的时候，我就打开音响，让整个屋里充满音乐声，在音乐中，即便是陋室，也可以即刻就满室生辉；发烧生病的时候，我也只想回我的小床上踏实地睡一觉，哪也不想去，身体慢慢就康复起来。小屋里承载了我刚来塔县时的好奇与张望，也满载着我初为人师的时候，与孩子们的各种探索和记忆。

学生们很喜欢来我的宿舍，说羡慕我有这样的一间小屋，长大后也要有一间像我这样的房间。就是在这间小屋，我们班的孩子与我促膝谈话，打开心扉，他们能像在家里一样放松。这间小屋还让我变成了一个"女特务"和"侦察员"，窗外是篮球场上跑来跑去的学生，我可以一边观赏蓝天、白云、雪山，一边竖起耳朵倾听孩子们在教室是否认真诵读；有时候听到打预备铃，我能迅速地起身冲向教室，到教室的时间刚刚好。我们几个在学校住的同事偶尔搭伙做饭，一起打个牌，一起吃个火锅，一起谈笑风生，给掉皮的房顶贴大白纸。

几年过去了，孩子们换了一批又一批，新来的同事也越来越多，如今要搬出来，我莫名地伤感起来。太多的苦中作乐，太多的欢声笑语，太多的温暖时光，这间小屋见证了我的成长。真正让我不舍的，是那一段青春和成长的岁月，是那些揪心的付出……

可我不得不离开。红其拉甫边防检查站大队家属院新建了公寓楼，站领导关照分给了我们一间，我只好搬走，去开始新的生活。瞧瞧，如今我的家当比刚来的时候可是增添了不少！

回家的路

　　每次回家我都会提前好几天做准备，给妈妈买上个玉石项链儿，给爸爸买个玉坠子，再买上些新疆的特产：雪菊、玛卡、和田枣、葡萄干……一想到要回家，那几天便会一直都抑制不住内心的激动。下山的前一晚，往往还会兴奋得睡不着觉。早上，天还没亮就迫不及待地起床，把行李收拾了又收拾，准备着出发。

　　终于坐上回家的车了，车窗外道路崎岖，乱石叠嶂，有时是悬崖峭壁，风声萧萧，有时是戈壁茫茫，一片荒芜。山崖下出事故的车辆已变成一堆堆废铜烂铁，让人触目惊心。可这一切都因为是回家的路而变得不那么糟糕了。一路上，

回家的路上：安静的白沙湖

遇到成群的羊儿，我会摇下车窗像牧羊人一样对着这群无辜的羊儿嘴里发出"呜呜呜"的吼叫；看见慢悠悠闲逛着占满了整条公路的骆驼群，我会冲着它们大喊："快跑，跑起来！"吓得骆驼们赶紧颤悠悠、颤悠悠地跑起来，逗得车里同行的人哈哈大笑。

卡拉库里湖波光粼粼，这会儿不知从什么地方跑出这样多的水鸭，车辆呼啸而过，惊得它们一下子在水面上"啪嗒、啪嗒"飞了起来。此刻的慕士塔格峰，白云环绕，就像半遮面纱的神秘女神，即使是这样也掩藏不住她那迷人的模样；公格尔九别峰依然被白雪包裹，像是手拉手的挺拔的卫士，守护着旁边的冰山女神；山谷里哗啦啦的小河像是和汽车赛跑似的，使劲儿向前奔流着，运气好的时候能看到河对岸陡峭的山崖上，下到小河边喝水的黄羊，它们警惕地注视着四周，一有个风吹草动便会以风一样的速度奔跑，转眼消失不见；还有旱獭，这种专吃草根破坏草场的动物有着一身发亮金黄的皮毛，它们喜欢躺在大石头上晒太阳、睡大觉，一窝一窝地凑在一起，车辆经过时它们会好奇而警觉地站起来，前爪放在胸前使劲儿盯着你，样子倒是十分可爱，要是你走上前去想要靠近它们，它们便会以迅雷不及掩耳之势逃回洞里。

白沙湖偶尔会安静得像一面镜子，白沙山和蓝天白云整个倒映在湖面上。这样的湖光山色，让人无论如何也要驻足狠狠地看上一眼才能离去。这就是人间仙境吧！盖孜不远外的山谷里，云彩就像瀑布一般顺着冰雪融水冲击成的沟壑顺流而下，真美，真特别。反正回家的路上，所有的风景都特别美好——尤其是在这样一双带着喜悦和期盼的眼神中。这样的美往往能使人忘记长途跋涉的疲惫。

到达喀什已是下午，接下来要乘飞机从喀什到乌鲁木齐，第二天一早再由乌鲁木齐飞回山东，到山东机场后再乘车回家。这一路遥远，往往折腾一趟下来会让人瘦个好几斤，但我心里却是美滋滋的。

回家的路，遥远，而甜蜜。

儿行千里母担忧

　　春节又没能回家，苦苦熬了半年，暑假我一定要回家。我没有提前向爸爸妈妈报告回家的讯息。首先，我不想让他们操心，不然若是知道了我要回家，他们又要担惊受怕好几天，会担心下山的路好不好走，飞机安不安全，现在到哪儿了，吃上饭没有，转飞机有没有地方住等等，太多的地方需要操心了。瞧吧，不论你长到多高多大，在父母眼里，你永远是个可能会把自己弄丢了的孩子。其次，我还想给他们个意外的惊喜。

　　这不，我站在家门口了，敲着门，准备踏进家里。妈妈一边在厨房用乡音问开门的姐姐"谁啊"，一边走到客厅。

整整一年未见，日思夜想的妈妈一看见我，一下扔下手里的东西，紧紧抱住我，泣不成声地说："我的好孩子，你可回来了……"我也哭了。

第二天，妈妈对我说，她昨晚终于睡了个踏实的囫囵觉。

由于在塔县长期生活不规律，身体还没有完全适应那里的饮食和环境，我的两颗牙齿都坏掉了，但我是个十分胆小怕疼的人，又听说那里牙医的技术和设备没有那么先进，就一直拖着不肯去治疗，结果牙神经暴露了。回家前的几个月，我吃完了一盒又一盒的止痛药，暑假在家这几天，我的牙齿疼得更厉害了，有时候晚上疼得睡不着觉，只好又爬起来吃止痛药。即便我的动作再轻，每次妈妈还是会知道，起来给我倒水。我这才明白什么是"病在儿身上，疼在娘心里"，才知道儿行千里母担忧的牵挂。

胆子小、没出息的我在妈妈一遍又一遍的催促下终于去医院治疗了牙齿，而这个麻烦的治疗过程居然要隔一周去一次医院，直到我快返程时才算完成治疗。

暑假结束，我准备返程时，妈妈叹息地说："这次回来也没把你养胖些。"我假装生气地说："我不要胖，我要瘦，大家都在花钱减肥，你竟然还要养胖我。"爸爸在一旁数落我说："这么瘦了还减肥，傻不傻。"

我又要走了，飞到乌鲁木齐后再转机飞喀什，这期间我没有及时跟爸爸妈妈打电话告诉他们已经抵达乌鲁木齐，我本来不想这么啰唆，怕让他们担心，结果却是让他们更担心。当我傍晚落地喀什，打开手机的时候，收到了姐姐发来的微信，一张图片，图片里的纸张上写着一行字："儿行千里母担忧。"姐姐说一天都没有我的消息，爸爸急得坐立不安，不知道该怎么办好，他沉默地写下了这句"儿行千里母担忧"。我的喉咙像是被什么东西噎住了似的，泪水忍不住地往外流。

是啊，儿行千里母担忧。

昆仑行，砚园情，学子何以报师恩？

2017年的教师节，对我来说是成为一名教师后最特别、最难忘的一次节日。在2017年9月10日教师节这一天，我的大学校长和飞校长及几位以前的任课教师和优秀的师弟师妹代表一行七人从遥远的南国，不远万里来到祖国西北边陲——帕米尔高原上看望慰问我。

我非常高兴和激动。从广东肇庆来到新疆帕米尔高原路途遥远。特别是和飞校长，他与我父亲的年龄一般大，说实在的，我都舍不得让自己的父母来边疆看我，我高兴、激动的同时，还有更多的是心疼，我心疼校长和老师、师弟妹们一路的辛苦、奔波让他们受罪。

大学期间我是一个很普通的并不出色的学生，但我遇到的老师对我都特别好。如果不是我的主修课老师选拔我成为音乐教育主修生、教我本领，我就不能在音乐教师这个岗位上，学以致用、游刃有余；如果不是王老师、杨老师辛辛苦苦给我上理论课、专业课，我也不会打下好的基础，取得好的成绩；如果不是田老师把我放在校办锻炼，我不会懂得得体地为人处世；还有郑老师、吴老师都那么支持我。

如果没有老师们对我的好，如果没有学校的培养，如果没有学校对青年人的教育和校道上那振奋人心的宣传标语横幅"到西部去、到基层去、到祖国最需要的地方去"，也许就不会有今天的我。

还记得毕业典礼那天，作为西部计划大学生志愿者的我，戴着大红花接受学校的表彰，校长和书记一一与我们握手、亲切地嘱咐我们。还记得我们音乐学院的吴院长，他感叹我志愿一报就是三年，还风趣地对我说："你长得就像新疆人，这次你是回老家喽！"这一切仿佛还在昨天。

就这样，我来到新疆，也没想到一转眼，自己在新疆一待就是六个年头了。岁月的沉淀使我从一个稚气的学子，成长为一名成熟的教师，也让我收获了学生对我的留恋和感恩。正因如此，我更是感恩自己遇到了那么多好的老师和培养我的学校 。而今天的我，又能回报给母校什么呢？

我真的心怀感恩。我想我能做的就是继续努力，学以致

不远万里来考察支教情况并看望笔者的和飞校长一行人

用，实现自我价值，做一个对社会更有用的人！

　　这次校长、老师们的高原行只有短短几天时间，而且多数时间都用在了路上。校长一行人返程的那天早上，我含泪送别，心里说不出的难受，就像每次我离开家，离开父母的感觉一样。校长也抱着我说："我们把一个女儿留在了这里。"我再也忍不住，泪水夺眶而出……

　　要过中秋节了，我收到了和校长还有陈老师远自广东给我寄过来的月饼。老师没有忘记我，学校也没有忘记我。而在远方的我，在中秋佳节，不仅仅想念我的亲人、我的家，还想念我的老师、我的母校。衷心地祝愿我的母校越办越好，祝愿我的老师、家人幸福安康，祝愿师弟师妹们茁壮成长。

　　母校，请您放心，我一定不会辜负您的培养！爸妈，请你们放心，女儿自有女儿的报答方式！

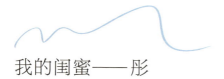

我的闺蜜——彤

为了保护她的隐私，这里我把我的闺蜜取名为"彤"，成人之间的友谊不需要太多言语，我和彤就是这样一对好朋友。

彤是我的同事，我们都是2013年来到塔县当老师，她就住在我的对门儿。她是在四川跟着外婆长大的，在四川度过童年时光，后来到新疆与父母团聚，在新疆开始了初中、高中、大学以及后来的生活，算是一个"疆二代"。

其实一开始我们并不熟悉，也说不上几句话，我对她最初的印象是娇小的个子、戴一副夸张的黑边框眼镜、梳着马尾发型、肉乎乎的脸蛋儿，白色短袖上衣，说着带些许口音的普通话，左手拎个提包、右手拉着个行李箱、背上还背个鼓鼓囊囊的大背包，总之是简单、朴素的样子。来到宿舍，我和先来的一个同事热情地带着她去挑选我们打扫过的几个房间，她最终选定住在了我对门儿。

而她说对我的最初印象，是在乌鲁木齐培训结束时的联欢会上做主持人的我，她说我个子很高、很漂亮、口才很棒，让她记忆很深刻，万万没想到这个女孩儿也来了塔县当了老师，还成了同事。彤说再见到我的时候，感到我是个很亲切的人，但一开始不太好意思跟我多说话。

由于住在学校的汉族老师不多，就我们几个，所以大家决定一起搭伙做饭，我当厨子，彤买菜，另一个同事负责刷锅刷碗，都说"远亲不如近邻"，就这样我们慢慢熟络起来。有一天她主动敲开了我的门，从那以后，我们就成了伙伴、朋友。

夏天草滩风景好的时候，我们会一同去散步，看风景，她负责不厌其烦地给我拍照；冬天外面冷得无处可去，我们就找来个学校仓库里堆着，替换下来的古老笨重的大电视，买个VCD放碟片看，她收拾着屋子，铺上地毯，在上面摆上小桌子、坐垫，我就在厨房炖上一大盆牛肉白菜炖粉条，我们边吃边一起看《航海王》。也是在这个时候，她给我推荐了许多以前我没看过的电视剧，比如《天龙八部》《神雕侠侣》《天下第一》《新白娘子传奇》……我们常常会被电视剧里的情节搞得一起仰面大笑，一起捶胸顿足，一起潸然泪下。她还会给我讲电视剧里演员的特点以及这些人还演过其他什么角色，有哪些八卦，讲得头头是道。我挺佩服她怎么知道这么多这些个没用的事儿。

她给我讲中学时学校开展勤工俭学活动，她骑着自行车到很远的地方摘棉花的故事，她说摘棉花每天要采摘够一定的重量，是个非常辛苦的营生；还会跟我讲在四川老家那个山清水秀的小村庄和她的外婆和奶奶以及她童年的故事。我会与她分享我们班里发生了什么事儿，还有我成长的故事。有时候，我躺在床上倚靠着被子看书，她就在桌前看动漫、看搞笑视频，她会边看边"呵呵""嘿嘿"地笑出声来，有的时候还会笑得喘不上气儿，我就会莫名其妙地被她的样子逗笑。

她虽然长我几岁，但个子小，加上性格纯粹，使我从不把她当姐姐看。我们特别合得来，渐渐地，我们好得无话不谈、形影不离。

那年，我有了辆自行车，她也从县上的舅舅家推来了一辆自行车，我们便一起骑自行车去兜风。可是她骑车又慢又不稳，往往我骑出去很远了，还要停下来等她，好一会儿她才在后面吃力地蹬着车跟上来，我还得担心她会摔跤。后来，我便特意为她买了对"狼牙棒"安装在自行车后面，自此，塔县就有了道新的风景线：我骑着车子，她站在自行车

骑自行车兜风的欢乐时光

上搂着我的肩，一路狂笑，风驰电掣地向前奔，在学校到草滩的下坡路上，我会冒险不减速地骑着车子俯冲下去，彤就尖叫着紧紧抱住我，我们得意地狂笑不停。

彤是个好心的人，她总让着我，有些事我永远忘不了。一天放学后我们一起到草滩散步，走在石头城附近，从旁边的一个院子里突然冲出来两条凶猛的大狗，我非常害怕，快吓哭了，彤紧紧地握住我的手，用小小的身躯把我挡在身后，吓退了那两条恶犬；运动会跑步，一个人没法跑，她就陪着我报名，跟我一起跑，跑到最后她让我当第一，她拿第二，当然我们一起跑到嗓子冒烟、心脏狂跳，一起腿疼好几天。

彤是个很善良的人，很懂得照顾我。每次去演出，她会帮我梳头发、在后台拿包拿衣服，等我从舞台上一下来，她就赶紧把厚衣服披在我身上，一场演出一等就是几个小时，她从来都毫无怨言地等我、陪伴我；天一冷，我总爱发烧，难受得起不来时，是彤给我煮稀饭、煮面条、端水递药，在床旁守着我，看我睡一觉发了汗，好一点了她再回宿舍休息。

有时候我们也会因为一些鸡毛蒜皮的小事儿不高兴，我会赌气不跟她说话，我生气罢工不做饭的时候，她就会给我煮西红柿鸡蛋面、煮酸辣粉、做蒜苗腊肠饭、炖山药排骨。对我的小脾气、小错误，她从来不屑于计较，因此我们一直没有真正吵过架、红过脸，因为在吵架之前，她已经包容过我无数次，并且让我的怒火自生自灭了。后来，因为许多原因，彤辞职离开了塔县，我变成了"孤家寡人"。那一段时间我不想上班，不想去学校，难受了好一阵子才调整好自己的心态。

那年我回山东老家过暑假，突然接到她的电话，说她到了我家所在城市的火车站，让我去接她。我蒙了，以为她是开玩笑，她向我描述了具体位置和周边情况，我才吃惊地赶到车站，看见她真的站在我面前了。那几天，我很想尽全力照顾好她，遗憾的是还做得不够周到，让我到现在都觉得十分愧疚。如今彤在喀什市周边的一所小学继续教书，能一边上班一边照顾家人。至今我们还会三天两头打个电话，胡扯一番。

我们共同经历了在塔县工作生活的苦与乐、泪与笑、荣与辱，经历过人生低谷，也遇到了许多美好的事情，度过了许多艰难的时刻，留下了难忘而美好的青春记忆，收获了一辈子的友谊。

我衷心地希望，彤——我的伙伴、我的闺蜜、我的朋友，生活越来越好，永远健康，一生平安。我永远祝福她。

第四辑

帕米尔高原札记

彩云沟

　　清早，从塔县出发，由曲曼向北沿着蜿蜒的山路行驶，山路上还有积雪。虽已是阳春三月，冬天却迟迟不愿离开这个遥远又静谧的小县城。

　　此时，下坂地水库的水面还未完全解冻，犹如一位半梦半醒着的少年，即便没有往日那种翡翠般的颜色，也是别有一番景致。如果不是听前辈们说，你一定无法想象这看似沉睡一般平静的水面之下，曾是一片水草丰茂的绿洲。

　　车辆不停向前行驶，我一边听着过去的故事，一边使劲儿向车窗外望着，唯恐会错过什么。

　　途经瓦恰乡，这里海拔低一些，已是一派初春的景致。

远远望去，大片的树梢已冒出嫩黄的颜色，几天后它们将吐露新芽，长成为一派生机勃勃的景象。长着犄角的牦牛在路边悠闲地晃悠着，长长的御寒的牛毛正一片片脱落。塔吉克族老乡骑着小毛驴儿，不知要到哪里去……

一路山石，一路风景，美不胜收。风蚀的山体轮廓像一幅幅浮雕，丝绸之路上一队队"叮当"的驼铃声似乎在风中此起彼伏地绵延着。无尽荒芜的戈壁滩，不断出现的丘壑，让置身其中的我恍如在另一个星球—— 也许火星就是这个样子？

继续在大山中蜿蜒爬升，到达马尔洋达坂。向后看去，曲曲折折的山路与雪山融为一体，一眼望去一派雄浑气象。马尔洋达坂海拔大约4500米，站在这里，感受刺骨的寒风猛烈吹来，脚下的冰雪依然坚固，一脚踏进雪里能留下个深深的雪窝。周围的大山仍被冰雪覆盖，银装素裹着，不怕冷的牦牛成群结队在雪中戏耍，此时此刻，我们又置身于冰雪世界中了。

下了达坂，穿过悠长的峡谷，我们便抵达了马尔洋乡。

"马尔洋"意为"彩云沟"，一个多么浪漫的名字。顾名思义，这是一个"驻在云彩深处"的小村子，让人不禁想起"远上寒山石径斜，白云生处有人家"。

峡谷间仅有的平坦之处错落着牧民们的安居房、村小

蜿蜒的山道

学、村委会，四散的建筑共同组建成了一个不大的村镇。

　　我立在马尔洋乡小学的校园里，环顾四周，大山近在咫尺，耳边清楚地传来山边河水哗哗的流淌声。抬头仰望峡谷之中的蓝天，我不由得感叹：我从未见过这样湛蓝色的天空，像是泼了浓重的蓝墨一般深邃的颜色，即使是白天也能清楚地看到半个月亮挂在天空，而且那样的近，好像一伸手就能碰到似的。

草原上的彩虹

这画面真是美得让人窒息，美得让人忧郁。不知怎么的，心头不停涌出那首歌的旋律："我爱你中国，我爱你中国……我爱你森林无边，我爱你群山巍峨，我爱你淙淙的小河，荡着清波从我的梦中流过……我要把美好的青春献给你，我的母亲，我的祖国……"

太阳斜照，大山包裹着的小村镇天色一下子暗了下来，此时这个小村镇更加安静了。彩云沟里静悄悄的，像躺在睡袋里一般。这时，静得仿佛连时间都停止了，我只听到自己怦怦的心跳声与那山边哗啦啦的流水声。

大美山河，古朴的彩云沟……

"放"云彩

塔县的景色很美，而我认为最美的就是蓝天白云了。

天气好的时候我会带上垫子、水、零食，跑到草滩，在散满小花靠着小河的青草地上躺下来，在蓝天中尽情"放"我的云彩，而我就成为一个"牧云"的人。

云儿总是听我的话，在我发出的"嗷"的呼喊和口令声里变得千姿百态——

它们有时候变成塔吉克族少女的纱巾和五彩的经幡；有时候变成飞舞的凤凰和巨型的雪莲花；有时候变为成群洁白的羊儿和一朵朵盛开的格桑花；有时候变成雪山或者峡谷中涓涓流淌的小河；有时候成为海洋，如一艘艘军舰卷起的浪

帕米尔的云

花……

　　我还要它们变成哨所前挺拔的白杨，沙漠中千年不倒的胡杨……

　　风来时就吹散了我的云儿。

过节

2017年春节，我又不能回家过年、不能与家人团聚，我已经记不清这是我的第几个边关年了。

虽然这里也很热闹，会安排各种小活动，大家一起包饺子、演节目、做游戏、放烟花，可我还是会想家，晚上就一个人躲在被窝里掉眼泪。腊月二十八主持县上的春节联欢文艺晚会，我才发现这儿有这么多与我一样在外回不了家的孩子。

年初二这天，按照民俗是出嫁的女儿回娘家的日子，同时也是我父亲的生日。在这一天我更想家了。单位的朱政委安排我们聚在一起过年、聚餐、唱歌，让在外回不了家的孩子们像一家人一样聚在一起。

夜深了，轮到我唱歌了，不知为什么我就是想家，想爸爸妈妈，于是唱了一首毛阿敏的《烛光里的妈妈》："妈妈，我想对您说，话到嘴边又咽下，妈妈，我想对您笑，眼里却点点泪花，哦，妈妈，烛光里的妈妈……"一开口我就哽咽了，几乎是流着泪唱完了整首歌，以前妈妈总说我唱歌情感不够、表达得不够好，而这一次，亲爱的妈妈，您听到我深情的歌声了么？再看看在场的人都跟着我唱，大家都哭了。亲爱的妈妈们，这是我们共同为你们唱的歌。

第二天，本该早早地与爸爸妈妈视频，可每年到了这个时候我却不敢给爸爸妈妈打电话、发视频，我怕一听到爸爸妈妈的声音就会忍不住掉眼泪。我可是个要强的孩子，在他们面前总大大咧咧的，我不想让他们看到我柔弱的一面。

可是，你相信母子连心么？一上午我都没有打电话回家，但妈妈的电话追过来了。她开口就问："在那能吃好么？你们没什么事儿吧？昨晚上我做梦，梦见你在叫妈妈。"

我把泪水咽回肚子里，说："好着呢，我们天天会餐，放心吧。"挂了电话却开始止不住泪流。

在游子心里，过什么节已经不重要了，我想不论是哪一天，只要能和父母团聚在一起就是过节。

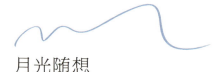

月光随想

　　那一夜不知为什么住处停电了，于是月儿，你便趁此机会把你皎洁而冷艳的光芒洒满我的房间。解开束缚在长发上的皮筋儿，躺在床上透过窗户静静地望着你，我想起了在童年时二级坝所见的你……

　　每当太阳西斜，把微山湖水染成红彤彤的颜色时，你便悄悄爬上树梢，就如同偷偷爬到大院儿围墙上看微山湖美景的我。那时的你可真亮啊，可以把人映出影子来，有时把影子照得瘦瘦长长，有时照得矮矮胖胖。秋日里，《大风车》节目刚演完，《新闻联播》便开始了，我们无聊就追逐打闹着，在院子里玩儿踩影子和"骑马打仗"等傻乎乎的游戏。

　　有时候你的周围一片云彩也没有，有时候你又被大大小小的彩色光圈包围着。我大声叫起来："妈妈你看呀，月亮真圆、真亮，月亮的光环真好看！"妈妈却轻轻地告诉我："明天会有大风咧！"

　　夏夜闷热的天气，一阵风来，接着就是一场雨，雨点儿大而急促，我便知道这场雨不会持续太久，因为爸爸教过我们口诀："雨点儿铜钱大，有雨也不下。"果然骤雨初歇，云开雾散，你也露出容颜来，光辉洒满院子，洒在葡萄架上，洒在湖面上。

　　妈妈拿着大蒲扇领着我在院子里乘凉，帮我打蚊子，我就躺在妈妈的怀里，看月亮，唱歌谣，数天上的星星……

塔吉克族婚礼

塔吉克族婚礼我已经见过并且参加过许多次了，婚礼热闹非凡，一办就是几天几夜。塔吉克族婚礼是一次传统民俗的集中体现。

塔吉克族小伙如果想要娶老婆，可不是那么容易的事情。首先，男方要到女方家提亲。第一次，男方到女方家提出请求，女方家族成员共同商量这桩婚事是否可行；第二次，男方上门到女方家再次提出请求，这时候，女方一般不会明确告诉男方答案；直到第三次上门，女方家才会告诉男方决定，如果接受了，女方家便会举行小小的欢迎仪式，同时定下订婚日期。

订婚这天，男方家人来到女方家，由女方招待男方家人，这时待嫁的少女会在头上戴上代表纯洁的白色头巾，再由准婆婆亲手给未来的儿媳戴上代表喜庆的红色纱巾，表示女孩儿已经是名花有主了。同时女方会列出礼单，包括需要男方购买的结婚首饰、衣服、鞋帽等物品。在结婚前，男女双方会挑日子采买这些物品。现在交通方便，生活富裕了，他们可以在县城采买，也可以坐上汽车到喀什市购买，有的还会拍一套婚纱照。

婚礼举办前，男女双方还要分别邀请一些亲戚、朋友、邻居到家里来，招待他们吃羊肉、喝奶茶，征求他们对于自家举办比较隆重的欢庆仪式的意见，主人家通常会递上一面手鼓，在手鼓上敲三下就代表没有意见，赞同举行仪式。

经过这一环节后，男女双方才会定下结婚日期，双方家里会热闹紧张地准备起来。通常女方会准备些实用的嫁妆，比如准备四对厚厚的"新娘馕"、成对的被褥和枕头，用一套大小各异、花纹精美的木箱装起；女方还要负责准备各种小吃，例如"khas"（哈克斯）。

婚礼到来的前一天，男女双方在各自家中捂在被窝里，还会用热牛奶来熏蒸脸蛋儿，这样可以使脸蛋儿看上去皮肤白皙。

第二天一早，新郎准备接新娘啦！男女双方各自在家打扮起来。男方这边会用一种石头研磨出的白粉（现在也用珍珠粉）在面部眼周画上许多均匀的白色小点，看上去就像鹰的羽毛一样，一双眼睛也如同鹰一般炯炯有神。两位伴郎也要画，未婚伴郎要在眼睛周围画一层白点，已婚伴郎在眼周画两层（不同乡村这一风俗习惯不一样，有的画有的不画），然后穿上带有塔吉克族传统花纹的西装，戴上传统的羊毛帽子，帽子上还戴着红白相间的装饰物"sala"（萨拉），腰间围着图案好看的"mieth raymul"（咩乐热伊木里），穿上一双锃亮的皮鞋。

女方这边可就更丰富了。先是由女方最亲密的女性长辈用糖水给将要出嫁的女子冲洗身体，以祝福女子今后的生活能够甜甜蜜蜜、幸福美满。然后化个美美的妆，接着是戴首饰：在头发上编"sadof"（撒达浦），再戴上塔吉克族图案漂亮精美的花帽，花帽前有"selselo"（斯丽斯拉，一排类似小铃铛的饰品），花帽两侧戴上"gekhur"（各库尔），两侧长一点的"pelke"（浦乐克）；脖子上戴上项链"dicierak"（迪乌拉克）；还要在帽子上披上"tiete"（铁提，一块白纱），代表着纯洁、美好，再披上"xol"（许阿丽，一层红纱），脸上遮盖上"qemband"（其莫伴迪，类似于绣花手帕），这时起我们暂时看不到新娘子的面容了；最后穿上绣有塔吉克族传统花纹的大红色定制礼服。太漂亮了，我也很想置办这样一身行头，可是有点贵，一直没舍得。

塔吉克族婚礼上打手鼓的女人

　　瞧，新郎在伴郎的簇拥下来到了新娘家了，新娘的家人会把代表祝福的"putuk"（面粉）洒在新郎、伴郎肩上，为了热闹，还会用面粉吹伴郎个大花脸。新娘的亲朋此时也会像堵门似的闹起来，男方就会拿出准备好的礼物，比如漂亮的花布、绣的枕套或衣服、羊胸肉之类的孝敬大家。一番热闹后，新娘新郎总算是见到面了，他们共同幸福庄严地宣读结婚誓词。

　　接着新娘家人打起手鼓，唱起歌，吹响鹰笛，跳起舞，热闹地庆祝起来。吃完羊肉，新郎要带着新娘回家了，有的人家选择骑马接回新娘，也有的选择乘车，马和车也都会装饰得十分喜庆。等女儿出嫁了，女方家的鼓乐声就停止了。

新郎顺利地把新娘娶回了家，就到男方家里开始欢乐地庆祝了。鹰笛婉转悠扬、手鼓粗犷奔放、歌声美妙动听、舞蹈热烈欢腾，一片载歌载舞、鼓乐喧天。

亲朋好友们陆续来新郎家庆祝了，客人送上祝福，主人热情招待着每一位客人，大家大碗喝奶茶、大块吃牛羊肉，尽情跳舞、歌唱。这时候"doro qi"（多拉琪，舞会组织者，通常由幽默的男性担任）会拿着红白相间的小布鞭假装抽打着围观的客人，让大家向后退一点，好给跳舞的人留下空间。

塔吉克族婚礼上的舞蹈非常好学，跟着鼓点模仿着动作，在人群中一会儿就能跟着跳起来。这时候任何一个人都可以上来跳舞，不管是老人还是孩子、男人还是女人。有时候正跳舞的人也会在人群中邀请心仪对象共舞，围观的人就兴奋地起哄喊着"xia box、xia box"（表示欢乐、称赞、祝福的意思）。跳得好的舞者，主人会给他在肩上披上"rawudur"（拉乌度丽，纱巾），以表示谢意和尊敬。披在你肩上的就是你的了，可以带回家呢。当然肩上的纱巾越多越好，我也曾在塔吉克族婚礼上，被披上了不少漂亮纱巾！热闹的场面惊天动地，一直持续到夜里两三点还不能结束，即使是这样，也不会有人来阻止这欢闹的时刻。

婚礼第二天，除新娘父母以外的亲朋会来到新郎家。

在大家的见证下，证婚人用小棒子撩开新娘面上遮住的
"qemband"（其莫伴迪，即帕子）后，这个婚礼就算是
圆满的了。

　　这样欢乐而繁琐的婚礼仪式在塔吉克族中依然神圣，而
人们对婚姻也依然敬畏。百闻不如一见，赶紧来塔县体验一
次吧。

叼羊比赛

　　叼羊比赛是少数民族一种古老的体育运动游戏。在盛大节日或者婚礼等喜庆的日子都会举行这种比赛。

　　许多民族都有叼羊比赛的传统，我曾问过一个参加叼羊比赛的小伙，这种游戏是从什么时候开始的，他答不上来，只是告诉我这种游戏从祖先那里流传下来，究竟经过了多少年多少代说不清楚。

　　塔县常见的叼羊活动分为马背叼羊和牦牛叼羊，这是一个场面极其激烈和震撼的活动，不仅是对勇士们骑术的考验，更是一次胆量与意志的较量。

　　叼羊比赛的形式多样，现在塔县常见的分为分组叼羊和集体叼羊。分组叼羊的比赛规则有点像足球赛，通常每个村或乡选拔出几位勇士组成一个叼羊队伍，有时也会由村子内部自发组织比赛。参加比赛的人员年龄不限，一般都是青壮年，我的学生阿克拜尔也参加过。

比赛时一个队可有5人，也可有10人，总之两队人数要相等。将活蹦乱跳的羊儿宰好，去掉羊头和内脏放在比赛场地中央，在比赛场地的两端地上挖个圆圆的浅坑，或者摆上汽车废旧的轮胎（两个架子也行，架子上放个车轮状的圆盘），两个记分员也分别在两个洞前做好准备。一切准备就绪，马背上的勇士们排成一排蓄势待发。只听活动主持人一声令下，勇士们呼喊着朝着羊儿冲过去，顿时马蹄声声、尘土飞扬、人欢马叫，勇士们呼喊的声音极其高亢、嘹亮，马儿跑得也是热血沸腾，整个画面像是古老的战场。

只见驰骋在马背上的勇敢的小伙一个个英姿勃发，策马扬鞭，经过羊儿身边时，一手抓着缰绳、一边灵活地侧弯下腰，身子压得低低的，把地上的羊一把抢过来，护住，与队友相互传递手中的羊，向"球门"（挖好的坑或者轮胎）奔去。在这个疾驰的过程中，健将们不仅要快速而准确地抢到尽可能多的羊，还要时刻保护好羊，防止对手将羊抢走。最激动人心的就是抢夺羊的过程。身手矫健的勇士们骑在马上，将马鞭咬在口中，双手与对手争夺着彼此的羊，成功抢到羊的勇士到达"球门"，将羊投掷进去，记分员就给这一队伍记上一次得分。

比赛过程中偶尔会有参赛的小伙从马背上摔下来，可他们毫不畏惧，迅速爬起来飞身上马继续比赛。比赛进行30分钟左右，把羊丢进"球门"多的一方就算这一局的胜利者。

比赛队伍多时就用抽签的方法决定哪两个队进行比赛，胜利者将继续参加下一轮比赛，直到分出一、二、三等奖。

过去的奖品是花布、暖水瓶、铅笔等物品，现在的奖品可就丰富了，有毛毯、洗衣机、电冰箱、电动车等，当然一等奖的奖品还有大家争夺的那只羊。

集体比赛一般人数不限，二三十至四五十人都可以。大家飞身上马，纵马疾驰，这时候比赛以个人为单位记分，谁先抢到羊并且顺利丢进"球门"谁就胜利一次，且当场就发一次奖品，奖品从最小（价值最低）的开始发，比赛越往后奖品越大（价格越高），直到奖品发完为止，比赛就结束。

牦牛叼羊的场面就更热烈了，比赛规则与马背叼羊基本一致，只是勇士们的坐骑成了体型庞大的牦牛。

整个比赛过程激动人心而惊心动魄，整个赛场的气氛十分热烈，观看比赛的人会发出口哨或者"噢噢"的喝彩声，赢得比赛的勇士们则在大家的簇拥下骄傲地昂起头，以王者的姿态在人群中获得赞誉。

冰天雪地里进行的牦牛叼羊比赛

　　比赛结束后，大家会聚在一起吃比赛赢得的大块手抓羊肉，共同表达喜悦和庆贺，有时候还会打起鼓、唱起歌，场面好不热闹。我想，正是这样一些世代流传下来的文化民俗活动，才让这里的人们在冰冷和恶劣的环境中始终保持着满身的血性和对生活的热爱吧。

2020·帕米尔·雪

　　入冬以来的塔县很冷，县城四周的山早已几度染成了白色，可县城里却迟迟没有雪。县城里下雪的次数似乎是少了，就以我在塔县度过的几年而言，雪是一年比一年少了。

　　盼望着一场雪，一场大雪，能够让这个世界换一种景色，能够让整个世界白茫茫的。说实话，我已看够了冬日光秃秃的枝丫和没有生机的样子。

　　早晨醒过来，窗外还是灰蒙蒙的，看看时间已是9∶30。噢，一定是阴天了，说不定下雪了？想到这里，一阵兴奋，本想赖床的我一个"鲤鱼打挺"就从床上跳下来，一把拉开窗帘向外张望，却只见远山朦胧，眼前一片苍茫，啧啧！哪里有雪？……一阵失望，我无精打采地吃了早饭独自踱步向着单位的方向走去，一点儿气力也没有。迎着风，有冰凉凉的东西落在了我的脸颊上，咦？我边走边细细观察——是雪花嘞！下雪啦！心里的喜悦，让我整个人都精神起来。

我是喜欢下雪的，下雪的时候天反而不那么冷，整个世界是干净的，也很有趣。虽然不能再像个孩子一样打一场雪仗，也没有人陪我堆雪人、在雪里疯闹，但我至少可以独自走进雪景里，看雪，这足够浪漫。我想，在高原生活的人们也是喜欢下雪的，雪能湿润干燥的高原空气，令人感到舒适；大雪能够给草原盖上雪被子，使春天来临时牧草更加丰硕，牛羊更加健壮；孩子们也是喜欢下雪的，他们能在雪中嬉戏打闹，就像童年时的我们。当然，也有下雪的不妙之处：有积雪的山路会特别难走、危险，令人心惊胆战；雪停后的几天温度急剧下降，会冷得彻骨；雪来了，冬深了，年近了，令人更加思念家乡……

晚上下班时，雪花仍在簌簌地飘落，满眼望去尽是一片雪白。道路上松软的雪早已结成了冰面，于是汽车慢悠悠地行驶着；行人也小心翼翼行走着；而我大步向前，脚下踩过的雪花都随着我的节奏"咯吱咯吱"地叫起来……

高原的雪

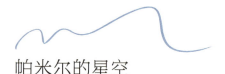

帕米尔的星空

帕米尔的星空是一定不能不说，不能不写的。

朋友们，还记得小时候家乡的夜空么？也曾是满天繁星冲着你不停地眨着眼睛。

当我们一天天长大，当熟悉的街道筑起了钢筋水泥的丛林，当可怕的雾霾笼罩着整个城市，当夜晚的霓虹灯照亮了夜空，我们很难看到那繁星点点的夜空了。

而帕米尔，还是一片净土，这里，夜空的美丽亘古不变，高海拔的环境使这里的星星、月亮看起来离我们特别近。让我们抬头仰望：看，这是北斗七星、那是猎户座……只是在这里，我们看到的星座的位置似乎和小时候看到的位置不太一样，但却同样明亮。

帕米尔的星空

　　有时候，你还能看到流星"嗖嗖嗖"地划过夜空。还记得那一次下山的路上，到了达坂时已是深夜，四周也是深沉的黑，黑得像墨汁，而猛一抬头看见那璀璨的、数不清的星星时，心突然像被照亮了，那种感觉，让我奇怪地想到了卖火柴的小女孩。璀璨星空带给我的惊喜，是不是就像小女孩擦亮手里的火柴时，看见了奶奶慈祥的笑容一般，同样的温暖与震撼。

　　满天的星星，又像漫天的金子，像明晃晃的宝石，近得好像伸手就能触到，太美了！无法形容我的震撼，我只是不想走了，我要躺在慕士塔格峰脚下的草原上看星星，把这画面永远印在心里。

　　朋友们，来帕米尔高原上看看美丽的星空吧。

葱岭轮回

　　《山海经·大荒西经》有道："西北海之外，大荒之隔，有山而不合，名曰不周……"传说中"不周山"终年寒冷、长年飘雪，非凡人所能到达。这里所说的"不周山"在帕米尔高原上。帕米尔古称"葱岭"，古老的石头城就是西域的古王国揭盘陀国的所在地。

　　喀喇昆仑山脉、天山山脉、喜马拉雅山脉、昆仑山脉、兴都库什山脉似长龙盘踞，并在这里汇集打成了一个巨大的结，大自然的鬼斧神工创造了新疆这片土地上独特的高原景观。

　　慕士塔格峰是一座雄浑壮美、高耸入云的雪山，海拔

7509米，被人们尊称为"冰山之父"，在冰山深处藏着千年未曾消融的冰层和暗流，还有关于它的传奇的故事。它的模样让人联想到富士山、东非草原上的乞力马扎罗山，它们虽远不如我们的"冰山之父"高大，可不论哪一种美都是大自然的恩赐，不论哪一种美都是独一无二的，且需珍惜的。

帕米尔雪峰连绵，虽远离海洋，身处干旱的大陆腹地，却被人称为"万山之祖""万水之源"。

在慕士塔格峰主峰旁坐落着公格尔九别峰，连绵的峰尖整齐地一字排开，它们心手相连，像庄严的士兵、像豪情的壮士、像慕士塔格峰的孩子，永远忠厚、忠诚、忠实地守望、守卫、守护着"冰山之父"。

塔什库尔干塔吉克自治县是帕米尔高原上一颗璀璨耀眼、光彩夺目的明珠，这是一座被大山包裹、环绕着的小县城，绵延的边境线与巴基斯坦、塔吉克斯坦、阿富汗多国接壤。

塔县生活着塔吉克族人，他们是中国的欧罗巴人种，是中国的白种人，五官立体深邃。

塔县这个独具民族风情的地方一年四季都是美的。

高原上的春天总是姗姗来迟，但迟早是会来的，往往过了谷雨一场"春雪"，帕米尔高原"春"的序幕才拉开。

牛羊褪去在漫长冬季蓄起的御寒的长毛，树梢仅仅在一夜之间就迫不及待地换上嫩黄的颜色，紧接着一场春雨给树

"冰山之父"慕士塔格峰

梢染上嫩绿色，草原上也呈现出一片碧绿，走近观察却见依旧枯黄的草叶包裹着稚嫩的小芽，这便是"草色遥看近却无"的景象了。

昨夜县城里又是一场春雨，伴着雪花和细碎的冰粒子，县城周围的大山又一次被雪染成了白色。清晨，彩云与薄雾缠绕着雪山，云很厚、雾很低，低到山脚下，只露出一小部分山体，就像裹着薄纱的少女只露出一双圣洁、动人的眼睛，美极了。

在帕米尔，夏天是最好的时节，绿色的草原一直延伸到山脚下，牛羊成群或零散地装点在夏牧场上、阿拉尔金草滩上；山脚下绿油油的青稞生长在田野里、山谷中的繁花盛开在绿草地上，与远处的冰山遥相呼应。幸运的话还能看到自由盘旋在苍穹上的雄鹰。这画面像极了《阿尔卑斯山少女海蒂》影片中的场景。

秋天的帕米尔更是美得醉人，但它转瞬即逝。秋日里，巨大的山体被绿、红、黄等绚烂的色彩覆盖；野生沙棘林一串串红透了、熟透了的果子压弯了沙棘树的枝干，红彤彤的颜色连成一片分外妖娆；在国道旁沿着小河的砂石地上还生长着不知道种子什么时候、从哪里吹落的黑枸杞，它们在这样恶劣的环境中生存下来并开枝散叶、开花结果，人们便得到了它昂贵的果实；山脚下秋风袭来，在金黄色的青稞田里掀起层层金色的浪花、吹来阵阵麦香。

山谷间大片的小花

　　秋景最美的地方要数中巴友谊路旁的丝绸之路古驿站一处了，据说唐朝的玄奘和尚不远万里到"西天"取经，成功后返回大唐途中，就是在这美丽的塔什库尔干河谷草地上的"yart gembaz"（拱拜孜，石头与泥土筑起的顶部为圆锥形的小屋）中留宿，从此以后，这座"拱拜孜"就被称为"藏经阁"，这一名称世代流传至今。

　　我大胆猜测玄奘和尚经过这里，也是在这样美的一个季节。他背着沉甸甸的经文，站在曲折的瓦罕走廊向下俯望：松石绿的塔什库尔干河奔流向前，多色的山体、大片的野花海、金色的青稞田野，一片秋景，绚烂壮阔。一定是这景色

塔合曼湿地

葱岭之秋

深深吸引了他，他才决定在这里驻足。

我工作的学校门口的道路两旁有高大整齐的白杨树，一阵风吹来，金黄色的白杨树叶纷纷落下，铺满大路，宛然一条"黄金大道"。

一场金黄色的"叶子雨"后，帕米尔的冬天来了，帕米尔的冬天是难熬的、漫长的，11月开始供暖，一直持续到来年的4月底。许多早餐店、饭馆、旅店的老板都是外乡人，每当冬天来临，客流量减少，他们便会早早关门歇业回老家过年去。

夜里的帕米尔温度极低，能冻裂双手、冻破水管，然而即便是这样，我也能发现帕米尔冬天的乐趣。我会用这寒夜来冻冰棍儿，我把各色的水果与酸奶混合打成糊状再倒进模具里拿到窗外。经过一夜的等待,第二天一早我便可收获一个个色彩缤纷的雪糕。这是帕米尔难熬的冬天带来的礼物。

冬深了,一场雪把整个葱岭装扮成白色,我和学生们一起打雪仗、堆雪人,在享受白雪带给我们短暂的疯狂后,我们要开始扫雪、铲雪,否则落雪冻住后很久很久都不能融化。

县城四周的冰山被白雪包裹得严严实实,阳光照耀下反射出耀眼、冷峻的光芒,晶莹剔透、熠熠生辉、雄浑伟岸。侧目凝视,突然发觉这山体很像面朝苍穹的士兵、像塔吉克族沉睡的老人、像塔吉克族戴花帽的窈窕少女,还有的像好莱坞电影《变形金刚》中擎天柱的侧脸。呵!多么奇妙的大自然。

在瓦罕走廊与红其拉甫的山谷中,有远古部落厮杀的战场。这里有座高耸入云的山峰,像极了无畏的勇士,人们称之为"勇士山"。呵!多么奇妙的大自然。

冬天的寒冷封住了大山,却封不住人的想象。

崎岖的山路布满了冰雪,更增添一份危险,冻坏了从山下运回来的蔬菜、水果,给人们的生活带来了不便,于是我便盼望着春雷的到来。

一场"春雪",又是一个轮回,树干画下了它又一个年轮,时光在轮回中在你我的面庞上镌刻一道道皱纹,可帕米尔,却在轮回中永生!

印象喀什

　　喀什是古丝绸之路上繁荣、兴盛的商贸重镇。它面向塔克拉玛干沙漠，背靠帕米尔高原。喀什噶尔河在城市中央穿流而过，古人就在沿河的绿洲上生存了下来，建起了村庄、乡镇、城市，留下了现在的喀什噶尔古城。

　　喀什的东巴扎是喀什人的"购物天堂"，在这里，食品、日化、服装等各种商品琳琅满目，不论你哪一天来赶巴扎，这里都是人头攒动、热闹熙攘的景象，看着这一切仿佛看到了漫漫古丝绸之路上人们在这里交流、交易、交融的热闹景象。

　　在巴扎外侧有把西瓜、哈密瓜切成块状来销售的维吾尔族商贩，连续的高声叫卖吸引着顾客，逛巴扎逛得口渴了，花1块钱买一块西瓜当街大口吃了，十分过瘾，还可以就馕吃，以此饱腹；还有现榨石榴汁的，一整颗石榴放进简单的手动挤压式榨汁器里，100%纯果汁被挤压而出，5块钱能买一小纸杯，喝一口，瞬时甘甜沁润心脾。我伸出大拇指，不停地向卖石榴汁的老板称赞道："亚克西、亚克西。"被我逗乐了的老板慷慨地又给我倒上一杯。

说到喀什噶尔首先不能不说的是喀什的美食。在古城巴扎或夜市上有一种类似刨冰的冰点，是商贩用凿子凿取案板上的一大块晶莹剔透的冰块，将碎冰放在小碗里，再淋上奶、蜂蜜，就成了清新脱俗的"刨冰"。我的维吾尔族朋友告诉我，冬天湖水、河流结了冰时，商贩便将大自然中的冰切割成块运回家中，存放在10米左右深的地窖中，到了夏天再拿出来制作成冰点。这看上去与"口里"（新疆人对疆外的称呼）的炒冰有些相似，但喀什噶尔的冰点原材料来得更"生猛、原始"。

还有面肺子、米肠子、豌豆凉粉、烤包子、薄皮包子（南瓜馅的、羊肉馅的）、羊蹄子、抓饭、烤肉、玛仁糖，直让人看得眼花缭乱，肚子里的馋虫都被勾出来了。

我一定要讲的是他们的麻糖。在"口里"，有段时间街上常有人叫卖"切糕"这种新疆美食，小贩推着个车子，上面摆着的"切糕"大大一块，花花绿绿，看上去很诱人。

可在新疆，是没有切糕这样的食物的。新疆有的是物美价廉的麻糖，这是一种用瓜子儿仁、核桃仁、巴旦木等干果混合上糖稀，压成方块状，再切成一小片一小片来卖的果仁糖，咬上一口，蜜一样香甜。

在路边上还有提着篮子卖土桃子、无花果的维吾尔族白胡子老大爷。巴掌大的无花果5块钱能买3个，直接用无花果叶子包上带走；别看土桃子个小，却格外好吃，站在篮子跟前，放开肚皮，把土桃子剥了皮来吃，吃完数数地上的桃核个数，按个来付钱即可。

馕是新疆人的主食，他们的生活一天都离不开馕，就像北方人离不开馒头、南方人离不开米饭、黄土高原上的人离不开面食一样。

馕是金黄色的，古人称其为"胡饼"，在新疆这样干燥的地区极易保存。它大的比脸盆还大，小的能握在掌心里，两口就能吞下一个，现在人们还创造出造型各异的馕，如葵花馕、"法棍"馕等。馕的味道也有很多，芝麻的、葱花的、巴旦木的、辣皮子的、核桃的……我觉得最好吃的是玫瑰花馅的馕，热的凉的都好吃。我曾在一次过年回家时带上了一小箱各种味道的馕，妈妈尝过一次后便爱上了这种名叫"馕"的食物，每次回家我问妈妈我带点什么，妈妈总说带个馕回来就行了。

在喀什的美食一条街上有一家名叫"馕王"的店铺，我十分爱那里的玫瑰花馅馕。在打馕店的对面有非常有名气的"钻石茄子拉面店""鸽子汤店""胡辣羊蹄店"，每次我下山到了喀什都想贪心地把它们吃上个遍。

我的维吾尔族朋友阿迪力，带我去吃过一家在喀什噶尔古城附近的烤肉馆子，不大的店面里尽可能地摆满了桌椅，挤满了前来就餐的食客，很多时候要等上好一会儿才能找到空位置坐下来。

屋外几个正烤肉的维吾尔族师傅在长条烤炉旁拿着成把的烤肉，烤肉架冒着浓浓的烟火、散发出阵阵肉香。在这里我要说明一下，新疆人把串在签子上烤制的肉类叫"烤肉"，一般不叫"羊肉串"。

新疆的烤肉，用肥瘦相间的羊肉或者牛肉，大块串在铁签或者红柳签上，在炭火上经戴着维吾尔族花帽的师傅的手来回翻转，撒上盐、孜然、辣椒面等简单的调料，在师傅的一声吆喝中冒着滋滋油花的、热腾腾的烤肉上桌了。

大口地撸串，嗯！这样吃才够过瘾，尤其是红柳签烤肉，总是有一种独特的清香。这时候一定要再烤上一张馕饼。经过烤制的馕饼也撒上了孜然、辣椒面，香脆的馕饼，与烤肉是绝配。饕餮盛宴后，再来一小碗拌面、一小碗凉粉或者新疆才能制作出的、独特风味的酸奶，这感觉既满足又幸福。

在喀什还有一家名叫"忠字凉皮"的很小很小的凉皮店。每次去买凉皮都要排队，长长的队伍从屋里一直排到屋外。也不知道这家小店究竟有什么样的魔力，竟把阅美食无数的我也迷得神魂颠倒，每次下了山都必须要去吃一份。贪心的我一定会要上一份"大杂烩"——凉皮、牛筋面、擀面皮掺合在一起，直到辣到满头大汗还要硬着头皮喝光盘子里的汤汁才罢休，吃完还要打包带走一份才甘心。

若你不喜欢这样的小馆子，偏爱装修精致、别具风情的地方，那就去安萨尔美食馆或者金噢尔达餐厅，在这里能吃到各种美食，价格也合理。

来了新疆就把减肥这样既痛苦又美丽的事儿放一边吧。面对各种美食想"管住嘴""管住胃"实在很难。

喀什还有独特的景色，其中最独具民族风情的是至今保持完好的"高台民居"，这是维吾尔族人的传统民居。

高台民居，顾名思义是筑在高地之上的房子，这是用泥土建成的。站在东湖大桥上望去，高台民居家家户户错落有致，层层叠叠盖起的新房子，连成一大片的泥土色。

走进高台民居里才发现这外形奇特的建筑里，家家户户门头精致，大门上绘画或雕刻着精美的花纹。置身其中，高台民居间小路错综复杂，像迷宫，不熟悉的人一定是要迷路的。可阿迪力告诉我，如果找不到出口，可以看铺路的砖块，如果砖块是纵横排列的，就代表此路不通，若是砖块斜着像箭头形状排列，则代表这条路是通畅的。

维吾尔族人热情好客。平日里，有些人的家门是全开着的，有的是半开着的，有些是关着的，阿迪力说，全开着的门代表随时欢迎，半开着的门代表不便接待，全部关上的门则代表不接客。

我曾轻轻敲门到一家门户大开的人家做客，让人意想不到的是门里花团锦簇，绿意盎然，屋内铺着精美的地毯、墙上挂着挂毯，装饰得十分好看。

在传统高台民居处向对面张望，看到一片国家"富民安居"工程改造后的高台民居，尽可能保留了民族特色，家家户户都是几层小楼有个小院子，错落有致地坐落于干净宽敞的街道。相比之下，经改造后的民居居住起来更安全、生活起来更便利。如今这里成了喀什一个重要的旅游景点——喀什噶尔古城。

从喀什噶尔古城入口一直往里走，便来到喀什的"老茶馆"，要上一壶喀什特有的香茶，盘腿一坐，听维吾尔族男人们弹奏着热瓦普，打起手鼓，唱起歌，幸福快乐如此简单。

在古城不远处坐落着"香妃墓"。没错，这个香妃讲的就是清宫剧中"香妃"的人物原型。香妃是不是真的能吸引蝴蝶？如今的人们不得而知。可在喀什的街道上常常能遇到爱给自己熏染很多香料的男男女女，擦肩而过，香气袭人！

在喀什地区的岳普湖县有达瓦昆沙漠公园。这是塔克拉玛干沙漠边缘的一角。在这里可以在沙漠里骑骆驼、进行沙疗、尽情地在细细的沙子里打滚儿，还可以体验沙漠飞车和滑沙。

滑沙是在很高的沙山上坐上滑沙板往下滑，看着别人在高高的台子上往下一下子冲下去，我看了就头晕目眩、心跳加速，坚决不敢尝试。可姐姐体验完一次又兴冲冲地爬上高台，尖叫着往下冲，非把我的套票中那次滑沙的机会也用掉，才肯作罢。

我是喜欢骑骆驼的。骆驼被称为"沙漠之舟"，维吾尔族小哥把骆驼连成长长的一串，在驼峰之间铺上毡子、鞍子，我们坐在两个高高的驼峰之间，抱住驼峰，小哥在前面牵着骆驼，骆驼迈开大大的脚掌，起起伏伏、慢吞吞地行走着，把我们带向一望无尽的沙丘之上。虽只是身处沙漠边缘地带，我却已被浩瀚无际的沙漠、绵延起伏的沙山所震撼，驼铃叮当，我仿佛成为一个古老的丝绸之路上跟着驼队远行的女侠客。

喀什噶尔，大美新疆。

作为一个来新疆多年的"丫头子"，我还有许多未曾看过的美景、未曾尝过的美食，我很想到处走一走、看一看。

喀什是中国西部大地上的一颗明珠，与其他城市一样随着经济发展、社会进步，喀什这个古老而充满生机的城市正蓬勃发展。国家的援疆政策，给这座城市注入了新血液，带来了新思想，拓展了新的发展领域，尤其是喀什经济特区的成立，更是让喀什"如虎添翼"，生机无限，潜力无限。

不久后也许我们能看到在西部大漠中兴起的"喀什超级大城"。

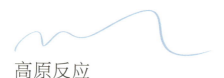

高原反应

　　塔县县城平均海拔3200米，不算高也不算低。在这样的环境中人体究竟有没有高原反应？这样的反应严不严重呢？答案是因人而异的。

　　就拿我自己来说。首先谈谈睡眠。第一次到塔县的那个夜晚，我翻来覆去睡不着觉，在经过几天的调整后这种现象有所改善。在季节交替的时候，这样的情况会变得较为严重，往往很认真地去睡觉，偏偏就是睡不着，好不容易睡着了，也总是不踏实，一晚上莫名其妙醒过来好几次，有时候会像是憋了一口气似的猛然醒过来，然后坐起来，小心脏疯狂跳个没完，久久不能消停。

　　再说说记忆力。在塔县久了，我的脑子偶尔会出现"短路"的现象，还闹了不少笑话。我常常会忘了到嘴边的话，出门忘记带钥匙，还有一次，手里拿着手机正讲着电话，突然就想起来个事儿：咦？我的手机跑哪里去了？于是慌张起来，一边心不在焉讲电话，一边焦急地到处找手机。对方察觉到我的不对劲，问："你怎么了？"我答："找手机。"对方问："你有几部手机？用这个拨过去听听有没有动静。"我答："我只有一部手机。"那边传来疑惑不解的声音："是你正在用来打电话的这部么？！"我把接电话的左手远离耳朵一看，这正是我的手机啊！突然有种失而复得的感动，而后对自己这种无厘头的行为感到好笑。

　　更可笑的是有一次上班的路上，我把包挎在肩上走着，忽然觉得两只手空空的，好像手里少了点什么——我包呢？我猛然意识到之后，惊慌失措地停下脚步，调转方向就大步流星往家里走。对了，钥匙，没钥匙我怎么进门？先找钥匙。我翻了翻口袋，又在肩膀上挎着的包里找起来——这不是我的包么？原来在肩上。这下踏实了。我被自己这种荒唐的行为逗得失声笑出来了。

　　还有背书。以前我记得挺清楚的音乐史练习题，到这里后几乎忘光了，重拾起来竟然要反反复复刷好几遍题才能记清楚。这让我很有挫败感：难道是我脑袋本来就比较笨？

　　另外是掉头发。相信许多高原人都有这样的问题：掉头发。本来我对我遗传自父亲的一头乌黑、浓密、靓丽且稍微有点自然卷的长发引以为豪，可不知道是不是高原环境的影响，来到塔县这些年我掉头发的现象很严重，家里到处是我的头发，办公室也有我掉落的长长的头发。尽管我会买些黑豆、黑米、黑芝麻来补充营养，企图改善掉头发的现象，然而也许是我不够坚持，也许是靠吃黑豆、黑米、黑芝麻来稳固头发根本就不管用，总之这招在我身上似乎并不奏效。

有时候小王医生会开玩笑说我不多的头发顶在头上，脑袋像个"红缨枪"，我会非常生气地跟他吵嘴。可每当我拖地打扫卫生时，发现地上到处散落着我的长发。每次回老家，妈妈会心疼地抚摸着我的脑袋问："原来头发一大把都攥不过来，怎么现在这么少了？"我噘着嘴巴不回答。

相信许多高原人都有这样的问题：快速走路或者爬楼梯会心跳加速，气喘吁吁；血常规检查时血液中的血红蛋白数量可能会偏高。我把这些现象归咎于缺氧。这是一个长期在高原生活的人正常的生理现象。但也会有很多同样生活在这里的人们却没有这样的困扰，我常常会羡慕那些不停在运动场奔跑的孩子们。

另外就是干燥。在喀什那年就觉得特别干燥，鼻子很疼，得常常喷一些生理盐水来缓解不适。到了塔县就更干燥了，鼻子常常出血，尤其是冬天正洗着脸，忽然发现洗手盆里的水怎么变色了？仔细观察水龙头里的水没问题，摸一把脸，手上都是血，抬头看看镜子里才发现是流鼻血了。这不要紧，也不疼。

那么醉氧又是一种什么样的体验呢？

长期生活在塔县后去到喀什，就可能会醉氧。不过在喀什往往还只是睡觉睡得很踏实，一晚上能睡个完整囫囵觉。回到平均海拔为8.8米的山东老家，醉氧现象就更严重了，每天睡不醒。尽管耳边发生的事我都清楚，但我在似梦非梦的状态里努力挣扎，尝试着醒过来，却就是醒不过来。往往上午9点了我还起不了床。

刚到家头几天，妈妈还能容忍，可日子一长，我妈就会生气地骂我："你看看谁家孩子这样？晌午还不起床。"姐姐会向妈妈解释，这是醉氧了，得调整几天，适应了就好。妈妈得知后，便不再骂我了，而是每天做了早饭，心疼地唤我："先吃饭吧，吃完了再睡，你光睡不吃早饭也不行啊。"午饭一吃完我还是困，一觉醒来又该吃晚饭了；吃完饭散个步回来，又困得眼皮睁不开了，好无奈。往往是快返程了，我才适应了平原环境。每个回家的假期，爸爸妈妈就是这样把我养胖了一圈又一圈，看着我变成个"五大三粗"的"女汉子"模样，妈妈会心满意足地说："这会儿可行啦，回去了可别再减肥了，瘦得像个螳螂，可难看死了。"

常有人问我，在塔县时间久了会不会就适应了？答案是因人而异吧。长期处于高原环境会对人体造成一些不可逆的损伤，所以自己就要采取措施去调整和应对。也会有些人没有任何以上我所描述的问题。相比那些长期在海拔更高、环境更艰苦恶劣的地方生活的人们，在塔县的我可幸运太多了！

随着国家5A级景区帕米尔旅游区的创建，现在塔县越来越繁华了，水草的保护也使环境越来越好了，尤其是夏秋两季，夏季可避暑赏景，秋季可体验真实的婚礼民俗，一定不要错过。来塔县旅游吧！这里真的会美到让你震撼！比起这里的美，高原反应或许没有你想象的那么可怕，也不足为虑。

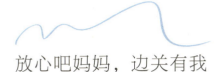

放心吧妈妈，边关有我

——帕米尔高原上的神经外科硕士

　　自古投笔从戎的故事就很多。班超投笔从戎，弃文就武，为国立功、成为一代名将；方志敏投笔从戎闹革命，成为共产党员的楷模；还有电影《无问西东》里的沈光耀，以身殉国，故事情节打动了许多人，而他的人物原型就是沈崇诲，一位家境显赫、才华横溢的清华大学高才生，在国家危难的时刻，年轻的他毅然决然选择了投笔从戎，最终为国捐躯。他曾说："强国莫急于防空，吾辈今后自当翱翔碧空，与日寇争一短长。"写到这里我已为前辈们的爱国情怀所泪目。

　　和平年代仍然需要年轻人肩负起前辈们未竟的使命与事

红其拉甫国门

红其拉甫界碑

业，用激情与热血立下志向，勇敢担当。在我的身边，就有一个这样真实的人，一位寒窗苦读十余载，学医八年，一朝投笔从戎的神经外科医生，他就是——王向野。

神经系统手术是医学界最难的手术之一，也是最前沿的手术领域。王向野是神经外科医学硕士研究生，是难得的拿手术刀的医务技术人才，他本应该在手术台上用双手做着细致、严谨的手术，去救死扶伤，在医学的道路上追求学术造诣。他在医院工作的日子里也做过不少手术，救过不少人。他的导师很喜欢他，一心想把他留在大医院栽培，可面对导师的重视、医院的邀请，他却婉拒了，最后决定去参军，就像那首歌中唱的："很小很小的我，就想穿绿军装，当过兵的爸爸就是我的班长……"硕士研究生一毕业，他就参军来到了帕米尔高原，成了全国最高海拔的武警边防部队红其拉甫边防检查站的一名国门卫士。

拥有这样学历和专业技能的人才，就算是在当地医院也是没有的。许多人为他的选择感到吃惊，笑他傻，不无讽刺地说他"脑子傻掉了"，还有人说他"留在大医院工作多好，工资不比在部队高？医生这样的职业多让人尊重，而且越老越'值钱'。你居然跑到这高原上来当兵！"

不论别人怎么说，在我心里，他的形象就像《士兵突击》里的许三多，憨厚、实在，在他身上也有那么一股熊熊燃烧的青春热血和报国的志向；他踏实肯干，吃苦耐劳，还有那一脸阳光般的微笑。我觉得我们在很多方面都很像，虽然我在学历与精神层面都不能与之相比，但他这样的人是我学习的榜样。

也许就是这样不约而同的志向，让我们都来到美丽的帕米尔高原。向野成为一名光荣的国门卫士，而我成为这高原之巅的人民教师，我们因志同道合的梦想结缘。

大家都评价向野是一个特别温和、老实的人，不爱与人计较、不发脾气，做事慢条斯理、稳稳当当。可就是他的老实，让人又恨又怜。

初到部队，向野服从组织安排除了成为卫生队的"小王医生"，同时还担任司务长和管理枪械的职务，因此非常忙碌。在单位的卫生队，没有专业的手术台、手术刀，也看不了什么大病，只是给感冒发烧的战友开药、打针、输液，唯一的"大手术"就是给战士们的伤口拆线、缝线、换药、包扎。小王医生干起了专业的护士工作。担任司务长，每天的工作任务很繁杂，他常常和炊事员们一起洗碗、洗菜、搞卫生、扛米、扛面、搬柴油，凡事亲力亲为，有人开玩笑说他是"一双拿手术刀的手，拿起了菜刀，战斗在炊事班里"。可他从不计较，从不对战士吆五喝六，为搞好官兵伙食，尽心尽力。他老实厚道，有人戏称司务长是个"肥差"，可向野没"长胖"，倒是自己还贴进了不少钱。

向野的迷彩服上药水的味道淡了，却多了些炊事班的油烟味；他的迷彩服也比之前难清洗了，洗了两遍，水还是黑色的。可不变的是他身上那股迷彩色的味道，那是充满刚毅、阳光、坚韧、担当的好男儿的味道！

　　向野对工作的态度极其认真负责，常常为了工作加班到凌晨。记得元宵节的那天晚上，夜幕降临，伴随着隆隆声，夜空中绽放出一朵朵五光十色的绚丽烟花，可他无暇欣赏，仍然专心致志地在办公室加班。等到他迈着轻轻的脚步回到宿舍休息时，又是一日凌晨的3点了。看到这些，实在让人心疼和不忍。

　　有人说他太实在，太"傻"，让他不要干什么都那么积极认真，要适当说句"我不会"，可是强大的责任心不允许他对自己的工作有任何懈怠。他说："难道一个病人躺在手术台上，医生也要休息好了再去救治么？"

　　向野是个善良的人。每次我的学生有困难，他也会捐钱，为学生们买不少东西；班上的运动会，他给我们班的学生买水、买运动饮料；每次去部队搞活动，他都鼎力支持；每当我在工作中遇到了困难，他总能开导我，指引我。

　　有一次与他去菜巴扎的"一分利"超市买东西，结果店家算错多找了他20元，当时向野没仔细看，便将找的钱一把装进兜里，等出门打车的时候发现找回的钱多了，他便马上让出租车司机掉头回去将多找的20元还给了超市老板。我问他："这白捡钱都不肯要，还搭上打车费？"他只憨厚

高原边境的神经外科医生——王医生

地向我笑了笑，说了句："谁都不容易。"

塔县地震那年，当大家还在惊慌失措时，塔县所有的部队、干部都在第一时间冲到了最前线抗震救灾。向野作为一名军人、一名救死扶伤的医生，又一次冲在了最前面。他用双手扒土，手套都磨破了，手指上冒出了鲜血。同时他还要保障在高原高强度劳动而倒下的战友的安全，那一天一夜，他一刻都没有停下来。难道他不累么？我想是他坚强的意志和军人使命感在支撑着他。

　　等到第二天终于能歇一会儿了，他和战友们一起横七竖八躺在地上睡着了。

　　他就是如此的傻气，如此的可爱的人。

　　如今部队改革，武警边防部队集体转隶于公务员队伍，军装梦从此结束，战友们都很难过。有人想方设法选择离开，也有人选择留下。有人替他感到惋惜，说："向野是白白荒废了自己的专业，还降了职、降了衔，相比转改的士兵们他是吃了大亏的，如果在医院，这样的学历和专业，干了这些年早就成为了一名主治医师，房子、车子、职务，要啥没有？现在重拾手术刀是不太可能了，傻了吧……"还有许多人劝他赶紧乘改革离开高原，调回内地去，可他却咽下泪水和对军旅的不舍，坚决拥护部队改革，毅然决定留在祖国最需要的地方，坚守在帕米尔，继续守卫国门。

　　好样的！这才是改制不改初心、换装不换使命、转隶不转作风！

　　对于改革带来的变化我感同身受，但我支持他的选择。他就是我心中的英雄！有他的地方就是我的家。作为红其拉甫的军嫂，我是骄傲的；作为红其拉甫的警嫂，我依然是光荣的。正是因为有了这一层身份，我更应该用红钻的精神要求自己，做最好的自己！

　　又是一个冬天，大山包裹着的冬天的帕米尔无聊、寂寞，没有人迹，没有风景，什么都没有。可在这里有我最可爱的人，有一颗颗爱国、戍边、坚不可摧的心，有一个即使褪去了那一身迷彩、换上了警服，依然在默默奉献、坚忍不拔的国门卫士！

我坚信，即便什么也不说，祖国也会知道他们，会知道在帕米尔高原上这些默默为国奉献着的伟大的人们！

好想为他们唱响那首歌："我把青春融进祖国的江河……山知道我，江河知道我，祖国不会忘记，不会忘记我……""放心吧妈妈，边关有我。"

我的塔吉克族亲戚

在塔县我有一家塔吉克族亲戚，这可以说是我们在塔县工作人员的一项工作任务。一开始我也对这一工作任务表示不理解，但慢慢地与这家人相处下来，我发现我的塔吉克族亲戚一家人渐渐成为了我生活中的一部分。

我的塔吉克族亲戚住在塔什库尔干乡，也新搬进了富民安居房。初次到亲戚家是我一个人按照门牌号码找上门的，当时只有女主人和一位老奶奶在家，女主人在洗衣服，老奶奶在晒太阳，我们没办法进行顺畅的语言交流，只好手口并用比划画说话："我是你们的包户干部，我姓刘。"女主人只是冲我笑，表示听不懂。

我急得不断重复着："亲戚、亲戚。"

女主人这才似懂非懂地笑着说："哦，亲戚。"

老奶奶却只是在一旁一脸茫然地看着我们。

这就是我和亲戚一家人的第一次见面，并不顺利。

第二天一下班我又来到亲戚家。刚好亲戚家的女儿苏丽在家，我一看——这还是我曾经教过的学生呢！这下好办了。苏丽也认出了我。我跟她说明来意，她高兴地向奶奶和妈妈解释，并且带我参观了她家的房子。女主人是个勤快人，屋里没有一点儿潮霉的气味，地上虽是水泥地面，但打扫得干干净净，到处一尘不染。厨房里是崭新的现代化橱柜，墙壁洁白；客厅宽敞，有木质的炕、一张茶几，还有沙发；右边是一个小套间，一个小卧室加洗手间；左边的屋里摆着矮柜，上面放着整齐的被褥。还不错，比我想象的好。

我在墙面的信息卡上填写了个人信息，留下联系方式，详细了解了亲戚家里的情况便准备回去了。可惜的是那天没能见到男主人和家中的弟弟。

几天后我又来了，还特意买了西瓜、哈密瓜——反正我一个人平常也吃不上，带去与亲戚一家人一起分享吧。到了亲戚家，我把水果递给女主人，她欣然接受，转身拿到厨房去了。我向奶奶问好："奶奶好。"奶奶也愉快地回答："好，好。"

半天没见女主人把切好的西瓜拿出来，我这才意识到，这是不打算和我一起吃西瓜啊。哎，有那么片刻，我挺生气。

这时候男主人下班回来了。这是个中年男子，当上了护边员，每月有固定收入，能说些简单的普通话，虽然看上去显得沧桑，五官却难掩其特别的气质。女主人准备了餐食，酸奶配馕。他们一家人吃起来，没有让我也吃点的意思。我尴尬地坐在一旁，男主人说："你也吃吧？"我赶紧客气地回："不用，我吃过饭来的，你们吃吧。"男主人很不客气地说："是不是拉面炒菜你们才吃？这样的饭你们不吃？"我听了这样的话特别不高兴。他们对我到底有什么样的误会，怎么能这样说？我这是连一碗水也不曾在这里喝过呢！我真是气愤极了。想要走，只有奶奶不停拿着她的酸奶碗和小勺往我手里塞。

这一天让我很受刺激，觉得简直不可理喻：这都是一家子什么人？但生气归生气，工作还是要继续做。

如何让他们接受我？认识我？趁着学生都还放假在家，我常常跑过去，每次带上个西瓜。一次去时，我特意交代苏丽，要她把西瓜切开一起吃。没一会儿西瓜端上来了，但全是躺在盘子里的，苏丽切的西瓜根本站不住。于是我到厨房教她怎么切。

老奶奶很慈祥，去了几趟她认识了我，每次我去都会热情地喊她："奶奶，我来啦。"奶奶会抱住我，在我脸颊上亲亲，用苍老的手抚摸着我的头说："想你，想你。"

打那以后我常去看老奶奶，每次去我都不空着手，或者买点糖或者水果，或者带个花盆带些花苗，中秋节则带月饼，还给奶奶带从我老家寄过来的扒鸡——扒鸡肉软，奶奶年纪大也能咬得动。见老人总穿靴子，我又给她买了两双棉拖鞋。我到深塔中学去看望我们班的学生，也会特意到教室看看亲戚家在这里上学的孩子，婆婆妈妈地嘱咐他要好好学习。冬天的乌鲁木齐很冷，我给在那里上大专的苏丽买了棉靴邮寄到学校。过肖贡巴哈尔节，我会买上些粉条、白菜、冰糖……送过去。

慢慢地，亲戚家的一家之主对我的态度改变了，每次我到他家里，他就赶忙跑到门口迎接我，高兴地向我问好："刘老师好。最近好么？"有的时候他正干着活，就把手狠狠地在衣服上擦几下跟我握手。哪天村子要是有人办婚礼，他也一定邀请我过来一起热闹热闹。每次我去了，他总要为我做饭，炒个菜，可我一直没让。

有一次同事跟我到亲戚家里。同事是个乡镇干部，从小在新疆长大，能说非常流利的塔吉克语，我同事问我的亲戚："你亲戚刘老师对你们好不好？"男主人激动地说了些什么，同事翻译给我听："我的亲戚非常好，她对我的妈妈也好，给她买这样那样的东西，我对我自己的妈妈都没这么好……"

　　渐渐地，我也发现了我亲戚的各种优点，比如：勤劳，当别人家门口的绿化带还没收拾时，他就已经种上了树，围上了崭新的栅栏；几天没见，就在大院子里盖上了储藏室。又比如：质朴，每次我问家里缺什么我好买上带过来，他都不让，都说他自己买回来就行。

　　我觉得各民族结亲是好事儿，但不意味着我们要为亲戚买多少东西，买多少家用电器。难道有家用电器就是致富了么？扶智、扶志，只要有勤劳的双手，立志脱贫的志气，让下一代孩子有学上、有本领，就不怕我们摆脱不了贫穷。

　　真正地把亲戚当成朋友，当成一家人，用心用情，就不怕老乡不接受我们包户干部。我计划等我亲戚家的孩子们放假回来了，我来给他们一家人做一顿饭，让他们尝尝我的手艺。我们可以一起包饺子，我还可以教女主人炒菜，女主人可以教我做抓饭。

　　下沉入户工作以来，我发现塔吉克族农牧民几乎家家户户都有国家领导人的画像，有许多老人家胸前还佩戴着毛主席像章。可想而知，共产党在老百姓心中的分量有多重。

　　精准扶贫政策实施以来，农牧民的住房和生活的方方面面都发生了巨大的变化：搬进整齐漂亮的富民安居房，家家户户通路到家门口，户户通自来水、通电视信号……回想若干年前，许多人还是在草滩或者沟渠里打水吃。还有厨房改造，你一定无法想象漂亮、"奢华"的大厨房是每一户农牧民家的标配。足不出户就可以洗热水澡、如厕；家家户户都有大院子、大客厅、大阳台、结实的羊圈；在村里就能买到米、面、油、蔬菜、水果，还有可乐、啤酒……说实话，农牧民的生活发生了翻天覆地的变化。农牧民的好生活，源于党的好政策，我真的很羡慕这些幸福的农牧民。

驻村干部在基层磨破了脚、跑细了腿、晒黑了脸、熬黑了眼圈。虽然很辛苦，但听到了农牧民激动地感恩党、感谢国家领导干部，听到农牧民对我们说"你们辛苦了"，我的内心是温暖的、感动的。

我还记得那天开展入户工作，我伏在茶几上做记录，头发散落在肩上，很不利索。塔吉克族大娘坐在我身后，温柔地整理起披在我肩上的长发，用她粗糙的双手给我编了个长辫子，这感觉让我眼眶都湿润了……

突然间，我感受到了这份工作的意义和价值，尽管我们许多人都要面对许多工作的辛苦和生活的难处，可这么大的中国，我们都要尽自己的一份力量，好好工作、好好生活！

我的父亲母亲

　　我的父亲母亲是一辈子都勤劳、善良、老实的人。

　　他们是经历过苦难时期，参与了国家最初的基础设施建设，吃过苦、出过力的一代人。

　　我的父母都是在黄河入海口，山东东营市的农村长大的孩子。父亲大专毕业后，作为知识青年上山下乡，插队回到家乡。

　　父亲是名副其实的"才子"，唱歌、写文章、下棋、书法，样样都行！出类拔萃的能力和老实的为人，让乡亲们都称赞起这个好小伙，大伙信任他一致推荐他管理村里的仓库，管理财务、粮食。父亲说，那时候家里穷，缺粮食，很多时候吃不饱，可他从没拿过公家的一粒粮食。

父亲这样优秀的好小伙在十里八乡出了名，许多大闺女看上了他，然而父亲家里穷，而许多人，多少总有些现实、势利的。最后，是家庭条件相对优越又善良的母亲不嫌父亲穷，嫁给了优秀、老实、有文化的父亲。

后来父亲被分配到了水电十三局工作，后来随单位到过中国的许多地方修公路、架桥梁、筑河堤，用挖泥船给湖泊、河道清淤。那时候，施工的机械化程度远不如现在，父亲这一代青年人用血水、汗水，用浑身的力气为筑起新中国新的基础设施贡献了巨大的力量。

父亲老实、勤劳的品格和才华赢得了单位对他的称赞和好的评价。后来父亲随单位一分局到山东微山湖畔二级坝工作，于是就有了我们兄弟姊妹几个。

在父亲的日记本中我发现有写在我出生那天的一句话："我有了石破天惊的'小龙女'！"

父母把我们养大受了许多苦，无私地为我们付出，倾其所有。那时候父亲每个月工资只有几十块钱，后来是几百块。为了养活我们，母亲开起了"友民商店"，勤劳的父亲蹬着自行车到几十里路外的欢城、大屯进货，后来自行车又换成了三轮车、"建设"牌摩托三轮车。

小时候父亲总爱给我们上"政治课"。吃过饭，母亲收拾桌碗，我们就围坐在长桌边，听父亲给我们讲他的成长故事、讲道理，而我每次都睁大眼睛，听得很认真。

笔者和父亲母亲在天安门前

父亲还会教姐姐书法，而我对学习写字不太感兴趣。那时候的电视里总是在下午循环播放《十八弯水路到我家》《九妹》《花好月圆》这些歌曲，每天如此，还没上学的小孩子都不爱听，只有我每次到了放歌的时候都会凑到电视机跟前认真听。时间长了，这些歌的旋律都深深地刻在了我的脑子里，直到今天有许多歌我仍张嘴就能唱。

后来上了学，在学校里我也表现出对唱歌的喜爱，每次音乐课老师让我们站起来唱歌，当别的孩子都羞羞怯怯，而我总是第一个站起来声音洪亮地唱《粉刷匠》《小猫钓鱼》，直到把老师教过的儿歌都唱了一个遍才罢休。那时我最爱看的不是语文书、数学书，而是总爱拿着音乐书翻来翻去。

父亲发现了我爱唱歌的爱好后，有一天拿着我的音乐课本问我："囡囡，你这么爱唱歌，老师教你识谱了没有？"

我说："没有。"（那时候很少有专业音乐教师，都是语文或者数学老师兼任）

父亲说："那不行，得学会识谱，学会了识谱所有的歌你都能学着唱了。"

那天父亲教我识简谱，教我唱《游击队歌》。父亲竟是我识简谱的启蒙老师，到今天我仍印象深刻。

父亲还到微山县给我买了我专属的录音机，给我买了很多很多有好听歌曲的磁带。而我也最终成长为一个学音乐的孩子。

母亲是大户人家吃穿不愁的闺女，却在二级坝这个当时荒凉、落后、无亲无故的地方与父亲共同撑起一个家，用她的善良、勤劳、智慧把我们养大。

母亲是个能吃苦的人。在我们很小的时候，衣服很少，可不懂事的我总是一会儿的工夫就把干净衣服弄脏，妈妈白天看孩子、看店、裁衣服、做衣服，晚上就用大盆为我们洗穿脏了的衣服，然后挂在炉子边烤干，保证第二天我们这些孩子穿得干干净净。在那个年代母亲几乎天天如此。

后来我们一家搬到了德州市居住，这是父亲单位总部所在地。父亲退休后终于开始了不再每天受苦、受累的生活。

我的父母是善良得让人心疼的人。

一天父亲到小区门口散散步、透透气，一辆逆行的、骑得飞快的电动车把父亲撞倒了。快七十岁的老人啊！我可怜的父亲当场就被撞得躺在地上起不来、动不了，围观的人越来越多，却没有一个人上前扶起。

肇事女子只是吓得在一旁哭，还是看大门的大爷跑到我家中告诉了母亲，母亲慌张地赶来，缓了好一会儿才扶起父亲。

肇事女子说："大爷、大娘，我急着上班没想到……对不起。"发生了这样的事本就该送医院进行检查，应该让肇事者负责到底。可母亲却对肇事女子说："你走吧，快去上班吧。"母亲搀扶着父亲颤颤巍巍地回了家，父亲躺在床上养了半个月才下床。

我知道这件事是跟家里视频时，发现爸爸胳膊上涂着一大片药水。我担心地问："怎么回事？"

父亲却只说："没事、没事，都好了。"

我又不放心地问母亲，母亲这才跟我说起了事情的始末。

我又急、又气、又心疼，视频后，哭了一晚。父母受的罪是对儿女的惩罚，是疼在了我的心上；我气疯了，恨不得给自己一巴掌，又恨不得马上从新疆回家，把肇事女子按到地上狠狠地捶上一顿。我愧疚，我作为女儿没有用，保护不了他们，他们需要时我也不能陪在身边。

当暑假回家时，我问父亲母亲为什么当时不索赔，不去医院，让那人负责到底。

父亲却笑着说："哎，这都好了，没什么事儿，看着那闺女穿着天衢购物中心的工作服，赶着去上班，她不是故意的，也吓得够呛，看上去跟你们也就差不多的年龄，挺实在的孩子，也不容易。"

听着父亲故作轻松、幽默的回答，我的眼泪又流出来了。我可爱的、善良的、让人心疼的父亲母亲啊！

我的母亲是个勤劳、善良、温柔、贤惠、能吃苦、要强的女人。

　　她有"魔法"，8块钱一米的"的确良"布料，比着我的身长，扯上一米多，铺开来，在布料上画上几下，用剪刀剪上几下，针针线线密密缝起来，一小会儿的工夫，布料就在母亲手中变成了一条穿在我身上既合体又好看的连衣裙。虽然布料很便宜，但对于我来说，这些裙子是无价的宝贝，是世界上最奢侈的衣服。

　　母亲还是"天下第一"的美食家。

　　她包的饺子又好看，又好吃。往往我们还在睡梦中，妈妈就早早地起来包好、煮熟了饺子，那飘香的饺子勾得我肚子里的馋虫"咕咕"直叫。还有妈妈做的水煎包、烙饼、擀面条、炖冬瓜、烧茄子、红烧肉、萝卜炖鱼都好吃，想起来我都要流口水啦！

　　尤其是妈妈牌风味辣子鸡、香辣小龙虾，保证你吃了就忘不掉。只要学会了我妈妈的手艺，保你开个馆子一定能发财！

　　母亲对我们每一个孩子都是溺爱的。

　　还记得有天早上母亲包了饺子，给我盛到盘子里就去店里了。我有个毛病，打小不爱吃主食，极爱吃菜、吃肉。可妈妈包的饺子实在是太好吃了，我又不肯放弃这现成的美味，于是把每个饺子咬了个小口，把饺子馅吃掉，又把饺子皮整齐地摆回盘子里。妈妈回家吃饭时，吃一个，发现饺子没馅儿，再吃一个，又没馅儿。可她默不作声地把我吃剩的饺子皮全吃了。

　　我听见妈妈假装生气地跟爸爸说："你看看你的囡囡，把饺子馅都掏出来吃了，剩下一盘子饺子皮，一个有馅儿的都没有，我当是老鼠吃了！"

　　我问妈妈："妈妈您怎么知道是我偷吃的？"妈妈一脸溺爱地说："我一想就是你，别人谁也干不出来，晚上给你抟丸子吃。"

　　哈哈，知女者莫若母。

　　2020年3月29日，帕米尔高原天空还是一片漆黑，一声凄厉的手机铃声把我惊醒了，电话里传来了姐姐惊恐的、泣不成声的声音："你快回来，爸爸在抢救，现在在手术室……"

　　听到姐姐的话，我的头一下子炸开了似的疼，眼前一片漆黑，头晕目眩，四肢瘫软，五脏剧烈地翻滚、绞痛，甚至难受得吐了起来，泪水汹涌地流着。

　　我感到无助，宁愿是我来承受痛苦，宁愿用自己的生命……我只求父母健康平安。

　　我赶紧收拾东西往喀什赶，下山的路上接到姐姐打来电话说："手术很成功，现在平稳，不要着急往回赶，疫情这么严重，你回来也不安全。"我悬着的心总算是落下了。

　　等我赶到喀什已经是下午了，母亲得知我下了山，坚决不让我回去，说工作要紧。可父母越是这样说我就越是难受了。

我恨自己没用，不能保护父母；我没良心，父母一天天苍老了，需要儿女常伴左右，我却远在天边，不能尽身为儿女的责任；我不孝，在父母需要我的时候，我却远在天涯海角，什么也做不了……

为父母尽孝心，不是金钱和兄弟姊妹能代劳的。

我不想要周末的休息日，也不想要五一、十一的假期，我甚至可以在工作的日子里天天加班，日日辛苦。我只想要一种能常常回家陪伴在父母身边的假期；如果不回家、不管父母，就让单位、让法律狠狠地责罚我。这是我们每一个远在天边、守边关的可怜的孩子的心愿，也是我们面对的最大问题和难处了——"忠孝两难"！

随着父母的衰老，我也长成了一个30岁的人，都说三十而立，可我越长大就越害怕、越没了主意。

从前，独自从黄河入海处到遥远的南国求学，我不曾犹豫；再到西北大漠，面对未知的边疆塞外、缺氧的帕米尔高原，我不曾退缩。可如今，我变得进退两难、满腹惆怅、日日牵挂、犹犹豫豫，不知如何是好。如果可以我真的不想长大，那样的话父母也不会衰老。

我亲爱的父亲母亲，何时我才能把亲恩来报？

你们这样善良地对待每一个人，希望世界也能对你们温柔以待。

后记

不悔青春

　　毕业来到新疆已经8年时光了，我也从一个学生、一个漂亮小姐姐跨过30岁，成为了一名"老阿姨"。我把最好的青春年华献给了这片土地。

　　帕米尔高原上高寒、缺氧，无数个夜晚，我曾头痛得难以入睡，熬黑了眼圈，成把成把掉头发，强烈的紫外线灼伤在脸上，留下再也去不掉的皱纹和斑痕，让我在短短几年时间，看上去比同龄人要老好几岁；塔县上山下山交通不便，物价高、物质缺乏；远离家乡父母，备受思乡和愧疚的煎熬；为人子女，我不能尽孝；为人妻子，我不能尽责……

尽管如此，可我就是舍不得、走不开、放不下这片土地！在这里，我收获了太多太多真挚的情感，那些动人的情谊，那些难忘的故事，伴随着我燃烧的青春，点亮了过去的几年时光。这让我想起了在作家李娟的书中读到的一句话："它让你得到的东西，全是些牵绊住你、让你无法离开这个地方的东西，一直到最后。"我想，正是如此。对于家人而言，我是固执的，自私的；但对于这片土地，我是敞开的，无私的。

习近平主席在2013年"实现中国梦，青春勇担当"五四主题团日活动座谈会上说："青年时代，选择吃苦也就选择了收获，选择奉献也就选择了高尚。青年时期多经历一点摔打、挫折、考验，有利于走好一生的路。要历练宠辱不惊的心理素质，坚定百折不挠的进取意志，保持乐观向上的精神状态，变挫折为动力，用从挫折中吸取的教训启迪人生，使人生获得升华和超越。总之，只有进行了激情奋斗的青春，只有进行了顽强拼搏的青春，只有为人民作出了奉献的青春，才会留下充实、温暖、持久、无悔的青春回忆。"

这一番话使我一生受益。

人生能有几回青春，青春之路根本无法逆行！我爱祖国，爱新疆这片神奇的土地，爱教师这个神圣的职业，爱这里每一个孩子渴望知识的双眼和单纯的笑容。在距离太阳更近、离家乡遥远的地方，我晒黑了脸，可也的的确确晒红了心！

　　我为有幸来到新疆，为能把美好的青春奉献给边疆而骄傲、自豪！

刘洁

2020年春